Peter Keck

Weihnachtsgeschichten aus der Oberpfalz

Bildnachweis
Die Bilder stammen aus dem Archiv des Autors.
Titelbild: ullstein bild (Oscar Poss)

1. Auflage 2019
Alle Rechte vorbehalten, auch die des auszugsweisen Nachdrucks
und der fotomechanischen Wiedergabe.
Satz und Layout: Christiane Zay, Potsdam
Druck: Zimmermann Druck + Verlag GmbH, Balve
Buchbinderische Verarbeitung: Buchbinderei S. R. Büge, Celle
© Wartberg-Verlag GmbH
34281 Gudensberg-Gleichen, Im Wiesental 1
Telefon: 0 56 03 - 9 30 50
www.wartberg-verlag.de
ISBN 978-3-8313-3009-6

Inhalt

Vorwort

Staad is draußen, nur der Böhmische Wind pfeift durch den Oberpfälzer Wald. Er bringt die heimelige Zeit in die Stuben. Wenn dann der erste Schnee fällt und die Nächte rau und klar werden, freut man sich auf die Weihnachtszeit.

Draußen gibt es kein Arbeiten mehr und so wird in den Stuben geschnitzt und gebastelt. Zum Musizieren und Geschichtenerzählen treffen sich die Leut' und erfreuen sich an dieser Zeit. Krippenspiele und Gedichte werden von Kindern vorgetragen, oft auch zur Freude der älteren Menschen in den Heimen. Der Heilige Nikolaus samt Knecht Ruprecht darf da nicht fehlen. Aber auch die heilige Luzia, die „Lichtbringerin", wird in diesen dunkleren Tagen verehrt.

Oberpfälzer sind einfache Leut'. Zufriedenheit, Gelassenheit und eine gewisse Sturheit wird ihnen nachgesagt. Doch wenn's auf Weihnachten zugeht, kommt eine weitere Lebensart hinzu: die Freude auf die Weihnacht. Wenn am Adventskranz die erste Kerze brennt, dann brennt auch das Herz auf Geschichten und Erzählungen aus der früheren Zeit. Opa und Oma werden dann zu Geschichtenerzählern und so manche Anekdote um die Weihnachtszeit überrascht die Zuhörer.

Der große tief verschneite Steinwald ist oft ein Teil dieser Geschichten. Rodeln, Kutschenfahrten und

Erzählungen vom Heiligen Nikolaus bringen nicht nur die Kinder zum Lachen und Staunen. So werden auf diese Art

❄ ❄ ❄

und Weise viele Geschichten von Generation zu Generation weitergegeben und erhalten.

Die Geschichten in diesem Buch sollen ein Beitrag sein, um diese Tradition weiter zu beleben und zu fördern. Mehr denn je sehnen sich heute die Menschen nach Frieden und Glück und finden es oft in den ganz einfachen Dingen. Besonders schön ist die Vorweihnachtszeit wenn draußen der Frost klirrt, die Bäume sich unter der Last des Schnees biegen und so Weihnachten ankündigen. Die Kinder kuscheln sich aufs Sofa, Oma strikt und Opa raucht seine Virginia. Mutter fängt an Plätzchen zu backen und den Buben ist es eine Freude einige der noch warmen Plätzchen zu stibitzen.

An jedem Adventssonntagabend kommt die Familie zusammen. Am Adventskranz brennen die Kerzen und es wird wieder eine neue Weihnachtsgeschichte vorgelesen. Freuen auch Sie sich auf diese Geschichten und vielleicht gefällt auch Ihnen diese Oberpfälzer Art der Vorweihnachtsfreude.

Peter Keck

Die erste Krippe

Behütet aufzuwachsen ist ein Privileg und wenn das noch im Schutz einer Höhenburg geschieht, was kann dir Besseres passieren. Wolfsegg, ein wahrhaft standhafter Ort in der Oberpfalz mit gleichnamiger Burg und in der Nähe des Salesianerklosters Pielenhofen an der Naab gelegen, bot optisch schon Geborgenheit. So war die Kindheit von Peter, von dem diese Geschichte handelt, von Rittern, Räubern und hübschen Burgfräulein geprägt. Am besten gefiel ihm die Sage von der weißen Frau, die immer noch in der Burg umherspuken soll.

Er und seine Brüder, der Martl und der Bene, waren schon echte Schlawiner und jeden Tag zu Streichen aufgelegt. Durch die Wälder ziehen und die steilen bizarren Kalkfelsen des schönen Naabtals hinaufklettern oder sich unter der Burg in der Burghöhle bei den Tropfsteinen verstecken, war für diese Buben das Schönste. Im Sommer ließ er mit seinen Brüdern keinen auch noch so unsinnigen Streich und kein Abenteuer aus.

Wenn es jedoch auf den Winter zuging, sollte man meinen, wären sie erträglicher diese Rabaucken Weit gefehlt! Da musste etwas passieren. Der Vater dieser Rasselbande hatte nun die glorreiche Idee einen Nikolaus samt Knecht Ruprecht zu bestellen. Es kam der 5. Dezember. An diesem Tag waren alle zu Hause, aber etwas war anders. Die Kinder wussten warum, aber die Erwachsenen waren so komisch. Vielleicht lag es ja daran, dass heute Abend vielleicht der Nikolaus kommen könnte. Aber da bisher keiner da war, kommt wohl heut' auch keiner. Die Hausaufgaben wurden aber vorsichtshalber mit besonderer Sorgfalt gemacht und ansonsten ließ man auch nur einen kleinen Streit aufkommen.

Schnell wurde es finster. Kalt war's draußen und die Doppelfenster froren an. Gerne schauten die Jungs die Eiskristalle an den äußeren Fensterscheiben an und ließen dabei ihrer Fantasie freien Lauf. In dieses Gerede hinein krachte ein Geräusch, das sie bis dahin nicht gekannt hatten. Es war, als ob ein Besen auf die Tür einschlug. Das fuhr vielleicht in die Knochen. Gottlob gab es eine Eckbank die unten offen war und Platz für drei Burschen bot. Aber, wie man sich denken kann, nutzte das alles nichts. Ihr Sündenregister wurde gnadenlos vorgelesen und das war nicht wenig. So manches Unheil drohte ihnen.

Knecht Ruprecht schaute erwartungsvoll in ihre Richtung und hoffte auf fette Beute für seinen großen Jutesack. Aber der Heilige Nikolaus hatte ein Einsehen. Irgendwie kam er ihnen bekannt vor. Es gab für jeden ein Paar mit dem Reiserbesen, aber auch Geschenke. So überlebten sie den Nikolaus mit geringem Schaden. Nachdem er wieder weg war, stürzten sie sich sofort auf die Süßigkeiten und die Geschenke. Die beiden Brüder, der Martl und der Bene bekamen einen Baukasten und eine Sperrholzsäge. Peter war anscheinend für solche groben Sachen nicht geeignet und bekam etwas ganz anderes.

Am Anfang sah es so aus als hätten seine Brüder das große Los mit ihren Geschenken gezogen und er beneidete sie darum. Peter hatte nur ein großes Kuvert in Händen und wusste nichts damit anzufangen. Nach einigem Zögern machte er es auf und siehe da, es kamen mehrere Papierbogen hervor, die mit Figuren bedruckt waren. Seine Mutter schaute ihn an und sagte, das ist eine Papierkrippe. Die einzelnen Figuren kannst du ausschneiden und am Falz umbiegen und aufstellen. So kannst du dir deine eigene Krippe bauen. Danach nahm Peter sorgsam jeden Bogen einzeln heraus und betrachtete das alles jetzt mit ganz anderen Augen. Da war der Josef, das war der Mann im Krippenstall, oben war Maria, die Mutter Gottes. Das Jesuskind lag in einer Krippe daneben. Es war sehr schön anzuschauen. Auf dem zweiten Bogen waren Hirten, Schafe, Ochs und Esel. Je mehr Bogen er hervorholte, umso größer war die Freude. Auf dem vorletzten Bogen kamen dann die Heiligen drei Könige mit einem Elefanten und einem Kamel zum Vorschein. Mann, sahen die toll aus. Der Knaller allerdings war der letzte Bogen. Hier war eine Krippe zum Zusammenfalten abgedruckt.

Krampfhaft überlegte Peter, wie das wohl gehen sollte. Und wie er so überlegte, kam sein Opa und sagte: „Woll ma miteinander die Krippn aufbaun? Des machma mitanand und jeden Abend a bisserl mehrer. Dann samma guad bis Weihnachten fertig." Peter hätte an diesem Abend sowieso keine Schere mehr halten können, weil er so aufgeregt war. Am nächsten Tag konnte er es kaum erwarten, bis der Opa Zeit hatte und sie mit dem Ausschneiden der Papierkrippe beginnen konnten. Zuerst kam ein Schaf dran. „Bei dem kannst nix kaputt machen", meinte der Opa. Denkste! Im übergroßen Eifer schnippelte der Scherenakrobat dem ersten Schaf glatt den Schwanz ab. „Ups", Opa sagte, „des macht gornix." Aber Peter meinte, es gehört sich nicht und es muss alles dran sein, auch beim Schaf. So verbrachten sie mindestens fünf Minuten damit, den Schwanz wieder anzukleben.

Man kann sich vorstellen, wie es in den nächsten Tagen und Wochen bis Weihnachten zugegangen ist und wie viele Re-

✳ ✳ ✳

paraturen erforderlich waren. Einmal sagte Peter zu seinem Opa: „Wennst du mit deiner Zigarrn weniger Qualm machst, kann i a besser schneiden. Den Josef und die Maria sixt ja schon gar nimma. Nebel nix als Nebel. Außerdem ist des für das Jesuskind vollkommen ungsund." Der Opa hatte ein Einsehen und blies seine Kringel nicht mehr um die Heiligen drei Könige, sondern an die Decke.

Die Begeisterung für die Krippe blieb allerdings bei seinen Brüdern nicht unbemerkt. Sie hatten zwar Figuren ausgesägt und Häuser gebaut, aber ihr kleiner Bruder hatte anscheinend mehr Freude an seinem Geschenk. Als die Figuren und der Stall ausgeschnitten waren, wurde alles aufgestellt. Ganz verstohlen schlichen sich die Brüder heran, blinzelten sich zu und pusteten die Papierfiguren um. Dabei freuten sie sich diebisch. Peter rief: „Hey lassts des sei, des is mei Krippm." Doch umso mehr er bat, umso mehr hatten sie ihren Spaß. Nachts im Bett überlegte Peter sich dann, was er tun könnte, damit das an Weihnachten nicht wieder passiert. Es war Heiligabend und im Wohnzimmer, in das die Kinder ja noch nicht durften, war sicherlich schon der Christbaum aufgestellt und die Krippe war wie jedes Jahr sehr schön von ihrem Papa aufgebaut. Zappelig hingen die drei in der Küche rum und machten Blödsinn. Opa und Oma versuchten ihnen die Zeit bis zur Bescherung zu vertreiben, was aber nur leidlich gelang. Endlich war es soweit. Das Glöckchen bimmelte und die Tür zum Wohnzimmer ging auf. Alle gingen hinein, nur Peter nicht. Es war alles genau geplant. Jetzt kam seine Papierkrippe heraus, dann eine kleine Schachtel mit Reißnägeln. Und schon ging's los. Er heftete seine Papierkrippe auf dem mit der neuen Wachstischdecke belegten Küchentisch an. Erst die Krippe, dann der Josef und die Maria, einen extra Reißnagel für das Jesuskind, die Hirten,

Im Schatten der Burg Wolfsegg erlebten die Brüder die Vorweihnachtszeit.

die Schafe, der Ochs, der Esel und alles was sonst noch da war, wurde angeheftet. Eine stolze Krippe. Pfeif drauf was draußen im Wohnzimmer war. Sie war so schön. Als Peter nicht im Wohnzimmer erschien, kam seine Mutter zurück und schaute ihn an. Sie spürte wohl was in ihm vorging. Andererseits wollte sie gar nicht daran denken, dass er ihre neue Wachstischdecke, die sie extra für Weihnachten gekauft hatte, mit den Reißnägeln so malträtiert hatte. Aber es siegte das Herz einer Mutter. Sie fragte ganz leise: „Warum hast du die Figuren denn alle angeheftet?" Darauf sagte Peter ganz stolz: „Damit meine damischen Briada niad wieder all's umpusten. Is ned schee?" „Ja", sagte die Mutter und strich ihm übers Haar. Nach und nach kamen alle aus dem Wohnzimmer zurück und bestaunten die Papierkrippe. Der Opa zündete sich wieder eine Zigarre an und zwinkerte dem kleinen Krippenbauer zu.

✳ ✳ ✳

Das Nikolaussuchen

In einem Dorf in der Oberen Pfalz gab es früher am 5. Dezember noch das Nikolaussuchen. So wie das heute gemacht wird, dass man den Nikolaus per Telefon bestellt, war das damals nicht. Die einzige Möglichkeit bestand darin, dass vielleicht der nette Nachbar zusagte, den Nikolaus zu machen oder wenigstens einmal kräftig an die Tür zu klopfen. Zu dieser Zeit war dann die gesamte Familie in der guten Stube versammelt und es war immer ein Erlebnis zu sehen, wie alle einen unverhofften Schrecken bekamen. Hinter dieser Tür standen dann die Geschenktüten mit Äpfeln, Nüssen, Orangen und Lebkuchen. Auch ein kleiner Nikolaus aus Schokolade durfte nicht fehlen. Solange die Kinder klein waren, waren die Besuche des Heiligen Nikolaus ein fester Bestandteil der Vorweihnachtszeit. Bei den Jugendlichen funktionierte das natürlich nicht mehr, aber insgeheim wünschten sie ihn sich dennoch. Weil's halt so schön is.

So kam man in diesem Dorf vor Jahrzehnten auf die Idee des Nikolaussuchens. Um allen im Dorf und vor allem den kleinen Kindern eine Freude zu machen, sollte am Nachmittag des 5. Dezembers ein Heiliger Nikolaus umherziehen und am Abend dann der Knecht Ruprecht. Da der Herr Kaplan sofort für diese Sache zu begeistern war, wollte er unbedingt den Heiligen Nikolaus spielen. Schon beim Einkleiden hatten er und sein Messner eine fast kindliche Freude. Als er dann fertig eingekleidet war, sagte der Messner mit sichtlichem Stolz: „Guad schaust aus Herr Kaplan, ah, Entschuldigung Heiliger

Nikolaus." Das sagte er schon deswegen, weil er ja beim Einkleiden beteiligt gewesen war. Der neue Kaplan hatte sich schon vorher als ein Pfundskerl entpuppt, der für fast jeden Spaß zu haben war. Tage zuvor hatte besagter Geistlicher die Leut' im Dorf wissen lassen, dass er persönlich von Haus zu Haus gehen wird, um Süßigkeiten, Äpfel, Orangen, Lebkuchen und Nüsse für den bevorstehenden Nikolaustag zu sammeln. Er war schon sehr überrascht, mit welcher Freude die Dörfler eine Vielzahl von Sachen spendeten, da sie sich ja selbst schon auf diesen Tag freuten. Es war schon fast des Guten zu viel.

Es ist Brauch, dass am Abend vor dem Nikolaustag der Heilige Nikolaus kommt. Die Kinder warteten schon den ganzen Tag voller Ungeduld darauf, endlich den Nikolaus zu treffen. Um das Ganze noch etwas spannender zu machen, musste der Nikolaus gesucht werden. Umso mehr freuten sich die Kinder, die mit ihren Eltern oder Oma und Opa unterwegs waren, dann, wenn sie ihn fanden. Die Suche wurde dadurch erschwert, dass der Nikolaus alias Kaplan von den Burschen auf einer großen Holzschubkarre von Straße zu Straße gefahren wurde. So tauchte er mal hier und mal da auf. Das war nicht nur ein Spaß für die Burschen, sondern auch für den Kaplan. Die blauen Flecken die er sich an so manchem Hauseck zuzog, weil auf den schneebedeckten Straßen und Gassen das Manövrieren mit der Holzschubkarre nicht einfach war, war der Preis für diese Gaudi. Immer war die Freude groß, wenn die Kleinen den Nikolaus entdeckten und dann Äpfel, Lebkuchen und Süßigkeiten aus dem gut gefüllten Leinensack bekamen. Die Kinder, die den Nikolaus in den Straßen nicht entdeckten, konnten um halb vier Uhr nachmittags auf den Kirchplatz kommen, um ihn dort zu treffen. So ging niemand leer aus.

✳ ✳ ✳

Bei den Burschen war das ganz anders. Sie bekamen nichts außer ein paar Schläge auf den Hintern, aber auch nur dann, wenn der Knecht Ruprecht sie am Schlafittchen hatte. In einer geheimen Wahl war der Klausi in diesem Jahr zum Knecht Ruprecht gewählt worden. Noch während die Burschen den Kaplan durch die Straßen und Gassen fuhren, wurde er von den heurigen Kirwamoidln eingekleidet. Man kann sich vorstellen, welchen Spaß sie alle damit hatten. Zu seiner Ausstattung gehörten ein dicker Fellmantel, eine dunkelbraune Fellmütze, eine Kette um den Bauch und eine aus Birkenreiser bestehende Rute. Diese war einen Meter lang und fast sieben Zentimeter stark. Außerdem trug er feste Lederstiefel, um einen guten Stand im Schnee zu haben. Hinzu kam der Jutesack für die bösen Buben. Das war die schwere Ausstattung des Knecht Ruprecht. Als die Dämmerung einsetzte war er fertig. Als Belohnung für die vor ihm liegende schwere Aufgabe bekam er noch von jedem Kirwamoidl einen Schmatz. Auf diese Busslerei freute sich der Klausi schon seit in der Früh. Die Moidln dachten sich nix dabei, denn wann hat man schon Gelegenheit einen Knecht Ruprecht zu küssen! Einer war das aber gar nicht recht. Denn die Moni hatte schon lange ein Auge auf den Klausi geworfen und so fiel ihr Busserl ganz besonders liab aus.

Unter dem Gekreische der Moidln wurde der Knecht Ruprecht dann in die Nacht geschickt, um den frechen Burschen ein paar mit dem Reiserbesen zu verpassen. Die Aufgabe war, dass die Burschen versuchen mussten, ihm den Leinensack oder die Reiserrute zu entreißen. Das war heuer gar nicht so leicht, denn der Klausi war schnell und wendig. So zog der Knecht Ruprecht durch die Straßen und Gassen. Überall sah er Schatten kommen und verschwinden. Aus

❄ ❄ ❄

den Fenstern sahen die kleinen Kinder mit ihren Eltern heraus, um einen Blick auf den polternden Knecht Ruprecht zu
erhaschen. Da wurde schon manches Mal mit dem Reiserbesen auf's Fensterbankerl geklopft – sehr zur Freude der
Erwachsenen.

Die Jagd begann: Als Erster versuchte der Berni einen Angriff auf den Knecht Ruprecht. Wie jeder im Dorf wusste,
war der Berni ein kleiner Schussel, aber mutig. So musste
er die ersten Schläge mit dem Reiserbesen einstecken und
war aus dem Rennen. Fast eine Stunde und einige Schläge später, gelang es dem Oberbatzi Hermann endlich, dem
Knecht Ruprecht sowohl den Leinensack als auch die Reiserrute wegzunehmen. Später im Wirtshaus, wohin der be-
siegte Knecht dann verbracht, und zu Lasten des Wirts mit
Freibier und Essen belohnt wurde, begann die Feier zu Eh-
ren des Heiligen Nikolaus und seinem Knecht. Dann erzählte
man sich voller Stolz von den gewagtesten Angriffen. Und
wer verhauen worden war, konnte sicher sein, von seinem
Moidl getröstet zu werden. Zum Schluss bekam, nach eini-
gen Halben Zoiglbiers, der erfolgreiche Angreifer doch noch
sein Fett weg: Der Knecht soll bei seinem Angriff vor lauter
Müdigkeit und weil die schneebedeckten Straßen so rutschig
waren, schon über seine eigenen Füaß gstolpert sein. Auch
der akute Biermangel soll ihm alle Kraft graubt ham. Da war
es dann keine Kunst mehr, ihm die Sachen wegzunehmen.
Unter lautem Protest widersprach der Hermann heftigst.

Über eines aber waren sich alle einig. Nächstes Jahr würden
der Heilige Nikolaus und der Knecht Ruprecht wieder durch
die Straßen ziehen.

❅ ❅ ❅

Die letzten Holzpantoffel

Ende der Fünfzigerjahre sprach man immer wieder vom „Armenhaus Oberpfalz". Das war leider nicht nur ein gern genommener Aufhänger der Presse, sondern die Realität. Viele aus der mittleren und unteren Bevölkerungsschicht mussten hier ein Vielfaches leisten, um über die Runden zu kommen. So war das auch bei Familie Bauer. Die Eltern stammten beide aus ärmlichen Verhältnissen und bis auf das ererbte alte Haus hatten sie nicht viel. Fünf Kinder zählte die Großfamilie. Das Geld reichte grad so hin und da der Vater wirklich gut mit Holz umgehen konnte, kaufte er sich eine gebrauchte Schnitzbank, um die Haushaltskasse aufzubessern. Mit der Fertigung von Holzpantoffeln hatte er guten Erfolg, und jahrelang sahen die Kinder ihn an seiner Schnitzbank sitzen, an der er die von den Bauern gern genommenen Holzpantoffeln für die Stallarbeit schnitzte.

Die Bauern waren aber nicht immer die besten Zahler. Manche zahlten erst, wenn sie wieder neue Holzpantoffel brauchten. Die Zeit verging. Die jüngste Tochter blieb bei den Eltern, heiratete und dann war wieder eine siebenköpfige Familie im Haus. Die Burschen wuchsen heran: drei Buben mit nichts als lauter Flausen im Kopf. Das war für ihre Mutter nicht immer leicht. Allerdings wurden sie durch so manche Entbehrung und durch die immer wieder eingeforderte Mitarbeit schon früh zu vollwertigen Mitgliedern der Familie. Ihrem Opa sah man es schon an, wie viel er in seinem Leben hatte arbeiten müssen.

Ende November kam er in die Wohnküche, in der Hand ein paar Holzpantoffel. Das war nichts Außergewöhnliches, denn Opa und Holzpantoffel, das war eins. Und so konzentrierte sich Maxl am Küchentisch auf seine Hausaufgaben, ohne weiter darauf zu achten. Dann setzte sich der Opa zu ihm und sagte: „Wennst mogst, dann kannst morgen am Samstag nach Engartshof zur Kreutzbaumbäuerin gehn und ihr meine letzten Holzpantoffel gem. Dafür kriegst von mir a Fuchzgerl. Mit einem Schlag war der Maxl hellwach. Ein Fuchzgerl, fünfzig Pfennig, das war für ihn Reichtum pur. Tausend Gedanken rauschten durch seinen Kopf, was er sich dafür alles kaufen könnte. Als er wieder aus seinem Hirngespinst erwachte, sagte er ganz automatisch: „Des mach ich. Kannst de drauf verlassen." Das Geschäft war besiegelt.

Wo Engartshof lag, wusste der Maxl, vom Schwammerl-suchen. Es war ungefähr vier Kilometer von zu Hause entfernt. Er strengte sein Hirnkastl an und plante die Route: „Also, von uns aus die Dientzenhofer Straß nauf zum großen roten Kreuz. Dann weida bis zur Wiesenbacher Höh. Von dou aus owe ins Wiesenbachtal und weida bis Engartshof. Ganz einfach. A dreiviertl Stund und dann bin i durt." Eigentlich wollte er am Samstag gleich nach dem Frühstück los, aber seine Mutter bestand darauf, dass er mit ihr im Keller die Einmachgläser umschichtete. Das zog sich vielleicht. Endlich waren sie fertig. In der Eile vergaß er ganz, seiner Mutter zu sagen, wohin er jetzt so dringend musste – wegen dem Fuchzgerl. Seinen Rucksack mit den beiden Pantoffeln hatte er schon am Abend vorher gepackt. So zog er los. Die Dient-zenhofer Straß hinauf bis zum großen roten Kreuz. Etwas zäher ging's dann bis auf die Wiesenbacher Höh. Aber dann mit Hurra hinunter ins Tal. Die Hälfte war g'schafft. Es war

❄ ❄ ❄

wunderschönes Winterwetter. Die Sonne lachte, der Himmel war weiß-blau. Ein guada Dog zum Fuchzgerl verdienen!

Wie geplant kam er nach einer Dreiviertelstund in Engartshof an. Der vorletzte Bauernhof auf der linken Seite war der von der Kreutzbaumbäuerin. Sie hatte ihren Mann im Krieg verloren und musste zusehen, wie sie jetzt allein über die Runden kam. Vielleicht lag's ja da dran, dass sie manchmal eine so unwirsche Frau war. Mit etwas gemischten Gefühlen klopfte der Maxl an die Haustür des schon sehr heruntergekommenen Bauernhauses. Niemand öffnete. Er klopfte noch mal. Wieder nichts. Dann ging er zum Stall hinüber und sah die Kreutzbaumbäuerin beim Ausmisten. Als sie ihn sah, rief sie: „Wos wüllst denn du dou, schau das de schleichst!" „Bäurin", rief der Maxl, „i hob deine Pantoffeln von meim Opa dabei." Sofort wurde ihre Stimmung besser. „Des is guad, dou warte ich schon lang drauf", kam es aus dem Stall. „Des san owa die letzt'n hod da Opa gsagt. Er kann nimma." „Zeig her", sagte sie und riss ihm die Pantoffel aus der Hand. Eigentlich sollte der Maxl sie solange nicht aus der Hand geben bis sie gezahlt hatte. So hatte es ihm der Opa aufgetragen, denn er kannte die Kreutzbaumbäuerin anscheinend sehr gut. Zu spät. Die Bäuerin probierte mit ihre dreckigen Fiass die Pantoffel an und sagte: „Passt." „Ich krieag von dir vier Mark und a Fuchzgerl hod da Opa gsagt", traute sich jetzt der Maxl zu sagen. Aber wie sollte die Antwort anders lauten als: „Die kriagst scho nu und jetzt geh ham." „Nix", schrie der Maxl, „ich geh erscht, wenne mei Geld hab." „Dann bleibst halt hocka", war die unwirsche Antwort der Bäuerin, die daraufhin gleich wieder im Stall verschwand.

Oa Stund' in der Kält hat er g'ward, bis sie sich dabarmt hat und er sei Geld kriagt hat. Mittlerweile war's schon Nachmittag. Das Wetter war auch nimmer schön. So marschierte er los. Immer noch grantig wegen der blöden Bäuerin, stampfte er durch den Schnee. Da vorn die Häuser vom Wiesenbachtal. Die Hälfte war g'schafft. Vor lauter Grant fiel ihm gar nicht auf, dass das Wetter immer schlechter wurde. Schneewolken zogen auf und ein scheußlicher Wind pfiff ihm vom Westen um die Ohren. Tapfer ging er weiter und zog seine Mütze tiefer ins Gesicht. Dann begann es auch noch zu schneien. „Ein schwer verdientes Fuchzgerl", dachte er. Mittlerweile war auch zu Hause das Fehlen seiner Wenigkeit bemerkt worden und seine Mutter machte sich große Sorgen. Zu Recht! Denn auch zu Hause verschlechterte sich das Wetter zusehends und der Maxl war nirgendwo auffindbar.

Ganz kleinlaut, was man vom Familienoberhaupt gar nicht gewohnt war, erzählte der Großvater schließlich, dass er den Buben losgeschickt hatte. Die Mutter war außer sich und wollte gerad aufbrechen, um ihren Buben zu suchen, als der Vater von der Arbeit nach Hause kam. Er hatte einen harten Tag hinter sich. Zuerst verstand er erst mal gar nichts. Der Redeschwall seiner aufgeregten Frau hat ihn in diesem Moment erst einmal völlig überfordert. Als er endlich verstand, was geschehen ist, schaute er nur kurz zum Großvater hinüber. Dieser zog den Kopf soweit ein, als hätte er keinen Hals mehr. „Vater, wo is er?", fragte er ihn. „Nach Engartshof hab ich ihn g'schickt", antwortete er, „aber eigentlich müaßt er scho längst wieda da sei. Ich verstehs a ned." Der Vater machte auf dem Absatz kehrt und zog los, um seinen jüngsten Buben vor dem Schlimmsten zu bewahren.

Schnee und Wind entfachten einen Schneesturm. Letztes Weihnachten hatte sich der Maxl eine Taschenlampe gewünscht und sie auch bekommen. Seine Geschwister hatten ihn noch ausgelacht, aber jetzt war er froh, dass er sie in seinem Rucksack hatte. Die Bedeutung der Schneepfähle in

❄ ❄ ❄

Wohl dem, der, wie der Maxl, dem Wintersturm im Hirschwald entkommen kann.

Schwarz und Orange hatte ihm sein Vater einmal erklärt. Sie dienen der Orientierung, wenn hoher Schnee liegt oder es Schneeverwehungen gibt. So weiß man, wo der Weg entlangführt. Jetzt war es gut, dass der Maxl das wusste, und so marschierte er weiter. Dunkel wurde es jetzt auch noch und der Schneesturm ließ und ließ nicht nach. Aber er hatte immer noch die Schneepfähle. Mitten aus dem Schneesturm heraus meinte er seinen Namen zu hören. Jetzt wieder. Dann sah er zuerst ein Licht, dann tauchte eine Gestalt auf und dann hielt ihn sein Papa ganz fest im Arm. Er nahm seinen Buben an die Hand und beide stapften sie durch den Schnee, durch den Wind, durch den Sturm. Was konnte den beiden jetzt noch passieren! Zwischendurch suchten sie kurz Schutz an einer Mauer oder an einem Hauseck und klopften sich den Schnee von den Kleidern. Rasch gingen sie weiter, denn sie wussten, dass man sich zu Hause unendliche Sorgen machte. Endlich zu Hause angekommen umarmte die Mutter ihren Buben und ihren Mann und war einfach nur froh, dass nichts passiert war.

❋ ❋ ❋

Der Opa schnaufte zweimal kräftig durch und brauchte einen Schnaps, wegen der Aufregung. Samstags war immer Badetag, und die Mutter hatte den Kessel für das Badewasser noch warm gehalten, weil der Vater nach all den Kindern auch gerne badete. Diesmal war's anders. Man konnte gar nicht so schnell schauen, wie der Maxl ausgezogen und in der Wanne war. Es war wohlig warm und er hatte die Wanne ganz für sich. Keiner seiner Brüder war dabei, wie sonst aus Sparsamkeitsgründen. Nach dem Bad wartete sein Vater am Küchentisch auf ihn. Als der frisch gebadete Maxl in die Wohnküch' kam, stieg ihm der Duft von Sauerkraut, Kartoffeln und Schweinernem in die Nase. Das war das Restl von vorgestern. Es standen zwei Teller auf dem Tisch. Gemeinsam aßen sie das Restl. G'sagt hams nix, aber beide wussten, dass sie sich immer aufeinander würden verlassen können. Ach ja, der Opa rückte statt dem Fuchzgerl einen Zwickel raus. Er wusste schon warum.

Nikolaus im Schnee

In der Jugendgemeinschaft der Pfarrei St. Bonifaz stellte man schon das ganze Jahr über Überlegungen an, wie man zu Geld kommen könnte, um Ferienlager und sonstige Veranstaltungen im nächsten Jahr zu finanzieren. Da war die Idee, einen Nikolausdienst zu organisieren genau das Richtige. Jetzt, Ende September, war die Zeit um die ganze Sache anzugehen. Das Wichtigste war eine zentrale Stelle mit Telefon. Neben dem Jugendheim befand sich das Gebäude des

Caritas-Mädchenwohnheims mit Pforte und Telefonstelle. Ein idealer Ort für dieses Vorhaben. Als aufgeweckte Burschen wussten sie natürlich, wie es dort aussah und schon war der Plan geboren, sich hier anzusiedeln. Die schwerste Aufgabe aber war, die Schwester Oberin von ihrer Sache zu überzeugen. Sie ließ wissen, sie werde darüber nachdenken und vorsichtshalber mit dem Caritas-Vorstand des Bistums Regensburg sprechen. Nach zwei Wochen kam endlich ihre Zustimmung, verknüpft mit der Bedingung, dass das Haus nur bis zur Pforte betreten werden durfte. Die Burschen hatten insgeheim zwar auf mehr gehofft, aber für ihr Vorhaben war das vollkommen ausreichend.

So begannen sie mit den Vorbereitungen, denn vieles war zu organisieren. Die Anzeige in der Zeitung war ein voller Erfolg. Sie waren anscheinend die ersten, die einen Nikolausdienst anboten. Der geplante eine Tag am fünften Dezember reichte bei Weitem nicht aus, um alle Anfragen zu befriedigen. So kam es, dass sie den Nikolausservice auf drei Tage ausweiten mussten. Mit so einem Zuspruch waren sie fast überfordert. Fünf Nikolauspaare kamen zum Einsatz. Immer wenn ein Nikolauspaar zurückkam, waren auch einige Mädels des Wohnheims da und wollten auch mal von einem Nikolaus in den Arm genommen werden. Die Schwester Oberin wachte mit leichtem Schmunzeln über die Begrüßungen. Schon allein das war es wert, hier ein Nikolaus zu sein. Wenn um neun Uhr abends alle Nikolauspaare zurückgekommen waren, durften sie im Speisesaal des Wohnheims von ihren schönsten Erlebnissen des Tages berichten. Die Mädels lauschten gerne und Schwester Küche machte noch Kaffee und Tee. Dazu gab's Plätzchen. Naschereien hatten die Nikoläuse genügend mitgebracht.

Winter im Oberpfälzer Wald – die ideale Kulisse für den Heiligen Nikolaus und seine Gesellen.

Am zweiten Einsatztag rief der Vorsitzende des örtlichen Wandervereins an und fragte, ob sie auch für ihre Weihnachtsfeier einen Nikolaus stellen würden. Allerdings wäre das außerhalb der Stadt in einer Waldschenke. So ein Einsatz war eigentlich nicht vorgesehen, aber sie sagten trotzdem zu. Diesen Sondereinsatz durfte Johannes zusammen mit seinen Freunden Horst und Rainer übernehmen. Um drei Uhr nachmittags hatten sie sich beim Johannes verabredet, da die Feier eine Stunde später beginnen sollte. Sie kleideten sich ein und zum Schluss zog der Heilige Nikolaus noch seine weißen Handschuhe an. Der Rainer und der Horst standen in voller Montur mit Ketten und Ruten vor der Tür. Die Leute blieben auf der Straße stehen und staunten nicht schlecht, als sie zusammen zum Auto gingen. Dann kam schon das erste Hindernis. Zwei Krampusse in voller Montur passten einfach nicht auf die Rückbank eines VW-Käfers. Das war ein Schauspiel, bis sich die beiden wieder aus dem Wagen herausgewunden hatten. Darüber hatten sie vorher nicht nachgedacht. Beide zogen also ihre Fellmäntel wieder aus und verfrachteten sie unter die Fronthaube. Das nächste Problem

❄ ❄ ❄

war der Bischofsstab. Der ragte schließlich aus dem Seitenfenster, als wäre es ihr Markenzeichen. Endlich konnten sie losfahren.

Es fing wieder mal zu schneien an, da war Vorsicht geboten. Sie fuhren über Land durch einsam gelegene Dörfer und Wälder. Siggi, der Fahrer, hatte alle Hände und Füße voll zu tun, das Auto gut auf der schneeglatten Fahrbahn zu halten. Kreuz und quer fuhren sie durch den Wald und zweifelten schon daran, die Waldschenke jemals zu finden. Einmal blieben sie in einer Schneewehe stecken und konnten den Käfer nur mit vereinten Kräften wieder auf die Fahrbahn bringen. Mit zwanzig Minuten Verspätung kamen sie dann endlich an. Die Kinder schauten schon sehnsüchtig aus dem Fenster und warteten auf den Nikolaus. Aber hier konnten sie nicht aussteigen, das hätte so nicht gepasst. Die Kinder hätten sicher gefragt, warum der Nikolaus mit dem Auto kommt? So fuhren sie noch ein Stück in den Wald hinein und stellten das Auto ab. Jetzt mussten sie nur noch ihre Mäntel anziehen. Dabei segelte der Horst in einen Graben und verschwand beinah ganz im Schnee. Die Oberpfälzer Mundart hält für eine solche Situation viele interessante Wörter bereit. Einige davon waren hier zu hören.

Endlich fertig angekleidet und sicheren Schrittes, liefen sie durch den Winterwald zur Waldschenke. Es fing wieder leicht zu schneien an. Was für ein Gänsehautmoment! Es musste schon ein beeindruckendes Bild gewesen sein, als der Heilige Nikolaus mit seinen Gesellen aus dem tief verschneiten Winterwald kam. Die Kinder an den Fenstern waren auf einmal in heller Aufregung. Auch einige Erwachsene wollten sich dieses Bild nicht entgehen lassen. Am Eingang der Waldschenke wurden sie vom Vorstand begrüßt. Als Johannes fragte, wie viele Leute denn da wären, erhielt er die Antwort: „Naja, so siebzge werns scho sei." Das musste er erst einmal verdauen. Mit Kettengerassel und Rutenschlägen an die Eingangstür begann der Einzug des Heiligen Nikolaus. Die ehrfurchtsvolle Stille im Saal spiegelte den Respekt wider, der dem Nikolaus entgegengebracht wurde. Die Kinder bekamen Geschenke und für das eine oder andere Kind war es wohl die erste Mutprobe in seinem Leben, wenn es so ganz alleine zum Nikolaus geschickt wurde. Für das Nikolaustrio aber war es ein Tag, an den sie sich lange erinnerten.

Das verlorene Christkindl

Tante Ella, eine wahrlich interessante Frau: Bei uns sagt man dazu „ein Urviech", also ein liebenswertes Original. Sie lebt, seit dem sie vor vier Jahren in Rente gegangen ist, in Lappersdorf, einem Vorort von Regensburg. Ihre frühere Arbeit in Regensburg bei der Regierung der Oberpfalz, die sie gerne erfüllte, machte sie zu einer bekennenden Oberpfälzerin. Von ihrem Arbeitsplatz aus konnte sie den Dom St. Peter und bei klarem Wetter auch den Bayerwald sehen. Was wollte sie mehr?

Seit sie nun an die Peripherie von Regensburg gezogen ist, weil hier die Miete noch erschwinglich ist, fehlt ihr schon dieses „Regensburgerin sein". Sie war zu einem Teil dieser Stadt geworden und das lebte sie auch. Der Umzug damals vor die Tore der Stadt war sicher nicht einfach, doch sie nahm es ohne Murren hin. Umso erschütternder war, als ihr Lieblingsneffe Michael erfahren musste, dass sich bei ihr ganz leise Alzheimer einschlich. Langsam, aber stetig. Am Anfang war das ja zwischendurch noch zum Schmunzeln, aber mit zunehmender Erkrankung wurde es immer problematischer. Gott sei Dank kam einmal am Tag ein Pflegedienst, und es gab eine unbezahlbar fürsorgliche Nachbarin. Michael und seine Familie waren ja auch noch da.

Aber es soll hier nicht von Tante Ellas Krankheitsverlauf erzählt werden, sondern eine Geschichte, die sich tatsächlich so zugetragen hat. Die Tage wurden kürzer und der Advent begann. Natürlich wollte auch Tante Ella einen Adventskranz, und sie wusste ganz genau, wie der aussehen sollte. Wann der erste oder zweite Advent war, war ja nicht so wichtig, denn sie wusste es manchmal und manchmal auch nicht. Um Gefahren vorzubeugen, wurden Kerzen mit Batterien gekauft. Ab dem ersten Advent brannten immer alle Kerzen, einfach weil es ihr so gut gefiel. So verging die jederzeit hell erleuchtete Adventszeit.

Kurz vor Weihnachten rief sie Michael an und fragte nach der Krippe. Sie wollte jetzt eine Krippe haben. Okay sagte er und war schon froh, dass sie nicht noch einen Christbaum wollte. Am Samstagvormittag vor Weihnachten kamen er und seine Kinder zu ihr und schmückten ihr Wohnzimmer weihnachtlich. Das war im Nu geschehen, da die Räumlichkeiten klein waren. Am Nachmittag wollte sie ihren Tee trinken und dabei die Krippenfiguren aufstellen, wie es in der Familie der Brauch war. Alle fanden das für eine gute Idee, und es wurde ausgemacht, dass Michael sie am Abend nochmal anrufen würde, ob alles passt. So gingen sie.

Zu Hause angekommen machten sie sich dann an ihre eigene Weihnachtsdekoration. Sie erzählten sich lustige Geschichten über Tante Ella, die es immer wieder schaffte, ungewöhnlich Dinge anzustellen. Am Nachmittag, kurz vor

15.00 Uhr klingelte das Telefon. Es war der Pflegedienst. Die Schwester wollte wissen, ob Tante Ella bei der Familie wäre, weil niemand aufmachte. Michael erschrak und versprach, sich sofort darum zu kümmern. Nichts mehr war's mit dem lustigem Christbaumaufstellen. Sofort machte er sich auf den Weg zur Wohnung von Tante Ella.

Die Krippe stand im Wohnzimmer, der Tee war ausgetrunken. In der Krippe standen alle Figuren wo sie hingehörten. Doch halt, das Christkind lag nicht in der Krippe. Da kam ihm ein leiser Verdacht. Hatte sie sich vielleicht auf den Weg gemacht, um das Christkind zu suchen? Aber wo nur könnte sie hingegangen sein? Letztes Wochenende hatten sie Tante Ella mit auf den Christkindlmarkt genommen und da hatte sie auch Krippenfiguren gesehen. Aber da müsste sie ja mit dem Bus fahren und mindestens zweimal umsteigen. Oh Gott, hoffentlich war ihr nichts passiert.

Er machte sich mit dem Bus auf den Weg, damit er sie ja nicht verpasste und benachrichtigte zwischendurch seine Familie zu Hause. Die aber wollte auch suchen, und so verabredeten sie sich auf dem Christkindlmarkt am Neupfarrplatz mitten im Herzen Regensburgs. Bei der Haltestation am Busbahnhof war immer ein Bettler, der hatte dort seinen Stammplatz. Michael dachte, wenn jemand Tante Ella gesehen hat, dann er. Er ging zu ihm, legte einen Euro in seinen Hut und fragte ob er sie vielleicht gesehen habe. Auf einmal leuchteten die Augen des Mannes und er sagte: „Moanst du die alte Frau die des Christ-kindl suacht?" Sofort fragte Michael nach: „Hat sie irgendetwas gsagt?" „Ja, sie hod gfragt ob ich ihr Christkindl gsehn hob oder woaß wou's is." Also war die Vermutung doch richtig. Der Bett-ler lachte und sagte: „Die woar fei guad drsf. Die hoad se neben mich hingstellt und hoad angfanga Weihnachtslieder zum sin-ga. I glab, ich hob no nie so viel spendiert kriagt, wia mit deiner

❄ ❄ ❄

Oma. Wenns da's triffst, dann sog ihr, sie derf allaweil wieder kumma, dann singma mitannand." Schmunzeld bedankte sich Michael und gab ihm nochmal einen Euro.

Danach stieg er in den nächsten Bus der Altstadtlinie ein. Hinter ihm saß eine ältere Dame, die sich gerade mit ihrer Nachbarin unterhielt. Es ging um eine Frau an der Bushaltestelle, welche ihr Christkindl suchte und jeden, den sie traf, danach fragte. Manche hatten den Kopf geschüttelt, manche geschmunzelt, und einige hatten versucht, sie zu beruhigen. Eines aber hatte die alte Frau damit doch erreicht, sagte die freundliche Mitfahrerin, sie hat die Leute ans Christkind erinnert. Jetzt musste auch Michael leise lachen, typisch Tante Ella.

Endlich Haltestelle Neupfarrplatz-Christkindlmarkt. Ein kurzes Umherschauen genügte und die Familie war wieder vereint. Es wurde beschlossen, systematisch den Christkindlmarkt abzusuchen. Treffpunkt sollte die Bühne am Ende des Marktes sein. Zwischendrin kam Michael der Gedanke, sie könnte auch auf dem Christkindlmarkt der Fürstin Gloria von Thurn und Taxis beim Schloss sein. Aber diesen Gedanken verwarf er schnell wieder, weil seine sparsame Tante Ella gewiss keinen Eintritt für diesen besonderen Christkindlmarkt gezahlt hätte.

Überall haben sie gefragt, gesucht und keine Tante Ella gefunden. Fast gleichzeitig trafen sie vor der Bühne ein und waren ratlos. In diesem Moment trat auf der Bühne eine Dame ans Mikrofon und teilte mit, dass heute Weihnachtslieder gesungen und Gedichte vorgetragen würden. Diese Mitteilung wurde aber von ihnen nur so nebenbei wahrgenommen. Sie waren noch ganz unschlüssig, was nun zu tun sei, als sich auf dem Gesicht der Tochter plötzlich ein breites Grinsen zeigte. Sie deutete nur auf die Bühne und alle traf fast der Schlag. Dort oben vor dem Mikrofon stand ihre Tante Ella und be-

Was tun, wenn das Christkindl in der Krippe fehlt?

gann ihr Weihnachtsgedicht vorzutragen, und zwar in einem astreinen Oberpfälzisch. Vom letzten Weihnachtsfest her wussten alle, dass das wohl nicht die beste Idee war. Sie vergaß gern mal zwischendrin den Text, redete dann über andere Sachen, und, wie soll man es sagen: Es war damals ein Fiasko. Michael wurde von seiner Frau angestoßen: „Mach was, das geht nicht gut!" Doch in ihm wehrte sich etwas. Er sagte sich, lass sie, vielleicht geschieht ja ein Wunder und es passt. Da hörten sie das erste Mal das Weihnachtsgedicht von Tante Ella vollständig und mit so viel Herzblut.

Die Leute waren begeistert und applaudierten. Sie verneigte sich, lachte herzlich. Da waren auch sie begeistert. Dann holten sie Tante Ella von der Bühne ab. Die freute sich, sie zu sehen, wollte aber noch gar nicht nach Hause. Michael fragte sie, was sie auf dem Christkindlmarkt wollte. „Des woas i ned", sagte Tante Ella, „aber lustig is, dou is wos lous. Die haffa Leit, die Lichterler und die schena Sachen." Er gab nicht nach und sagte: „Ich hab in deiner Krippe daheim koa Christkind gsehn, wo ist des denn?" „Des ist abghauen", sagte sie, „und des souch i jetzt." Behutsam schob Michael sie

✳ ✳ ✳

zum Krippenstand. Hier waren viele Christkindl in Krippen. Auf einmal sagte Tante Ella: „Schau her, dou is. Des wollt bloß zu seine Freund." Der Budenbesitzer war ganz irritiert und wusste nicht wie ihm geschah. „Möchtest du ein Christkindl mitnehmen?", fragte Michael. Sie antwortete zwar nicht, steckte aber eine Figur in ihre Tasche. Michael bezahlte und voller Erleichterung fuhren sie alle zu ihr nach Hause.

Sie hatten viel Spaß im Bus, da Tante Ella die Christkindlfigur immer wieder aus der Tasche holte und zusammenschimpfte, weil es ohne was zu sagen fortgelaufen war. Zu Hause angekommen, nahm Tante Ella das Christkind aus der Tasche und legte es behutsam in die Krippe. „So, jetzt brauche ich aber einen Kaffee nach der Aufregung", meinte Michael. „Das ist eine gute Idee", fand auch seine Frau und ging in die Küche, um Kaffee zu kochen. Die Kinder deckten derweil den Kaffeetisch. Der Kaffee wurde aufgetragen, und Michael nahm die Zuckerdose, um sich Zucker in seinen Kaffee zu geben. Als er den Deckel abnahm, strahlte ihm eine Christkindlfigur mit weit ausgebreiteten Armen entgegen. Da musste er hellauf lachen und zeigte allen die gefundene Figur. Tante Ella lachte nicht, sondern sagte nur: „Des is guad, jetzt braucht mei Christkindl nimmer weglaffa. Jetzt hod's an Freund und bleibt dahoam."

Bergmannsweihnacht

Alles im Leben hat seine Zeit. Nach einem langen und erfüllten Leben verstarb der Vater von Andreas. Jetzt hatte er die Aufgabe, das elterliche Haus zu räumen. Dabei fielen ihm immer wieder schöne Erinnerungen in die Hände, darunter ein kleines Fotoalbum. Darin befanden sich fast ausschließlich Fotografien aus der Zeit des Bergbaus und seines Vaters Arbeit als Bergmann im Amberger Theresienstollen. Hier wurde Eisenerz abgebaut. Das Album war äußerlich schlicht, aber inhaltlich brachte es ihm seine Kindheitserinnerungen und die für ihn wertvollsten Zeiten mit seinem Vater wieder zurück. Es ließ sofort die Bewunderung für ihn und seinen Beruf wieder aufleben.

Im diesem Augenblick kam seine Frau ins Wohnzimmer und fragte ihn, ob er wohl was Schönes gefunden hätte. Er zeigte ihr das kleine Fotoalbum und sagte: „An eine Geschichte mit meinem Vater erinnere ich mich noch wie heute." Darauf antwortete seine Frau: „Darf ich die auch erfahren?" Er sah sie an und begann zu erzählen: „Jahr für Jahr fuhr mein Vater in die Grube ein und als ich neun Jahre alt war, machte ich mich eines Tages auf den Weg, ihn von der Grube abzuholen. Fast eine halbe Stunde war ich unterwegs, um bis zum Theresienstollen zu kommen, der nach der Prinzessin Therese Charlotte Marianne Auguste von Bayern benannt wurde. Das musste ich damals auswendig lernen. Da mich mein Vater schon einmal mitgenommen hatte, wusste ich wo's lang ging. Am Nachmittag gegen zwei Uhr kamen die Kumpel aus dem Stollen. Ihre Gesichter waren so staubig, dass sie fast nicht zu erkennen waren. Die Grubenlampen wurden gelöscht, und da stand ich nun voller Anerkennung für diese mutigen Männer. Schließlich kam einer dieser verstaubten Kumpel auf mich zu und sagte: ‚Wem gehörst denn du?' Brav sagte ich meinen Namen. Dann drehte er sich um und schrie nach hinten: ‚Semmel, dei Bua is dou.' Damals hatten viele Bergleute Spitznamen. Die Freunde meines Vaters waren ‚die Salami' und ‚der Bulldog'. Er war

✳ ✳ ✳

‚die Semmel'." Diese Namen kann man nicht vergessen. Seine Frau lachte und fragte: „Wieso hießen die so?" Andreas fuhr fort: „Die Salami war Paolo, ein gebürtiger Italiener. Er hatte als Brotzeit fast immer eine Salami dabei. Der zweite gute Freund war der Bulldog. Der hatte neben seinem Bergmannsberuf noch eine kleine Landwirtschaft und einen ganz alten Traktor, mit dem er mehr oder weniger erfolgreich über seine Felder fuhr. Mein Vater war die Semmel, weil er gelernter Bäcker war.

Aus der Menge der Kumpel, die mit der letzten Fuhre aufgefahren waren, kam dann mein Papa auf mich zu und fragte erstaunt: ‚Was machst denn du dou?' Wie wenns heut wär, weiß ich es noch ganz genau. Ich sagte damals ganz stolz: ‚Ich hol dich ab Papa.' Mein Vater konnte es fast nicht glauben, dass ich nur seinetwegen gekommen war. Er nahm mich bei der Hand und zwischen all den Kumpels ging ein kleiner blonder Bub mit in die Waschkaue. Dort angekommen sagte mir mein Vater, bevor er sich auszog: ‚Jetzt gehst in die Bethall rüber zur Heiligen Barbara und wartest dort, bis ich dich abhol.' Er zeigte mir noch kurz den Weg, und ich wartete brav in der Bethall, in der die Bergmänner bevor sie einfuhren noch rasch um eine sichere Rückkehr beteten. Neben der Figur der Heiligen Barbara standen Zweige mit weiß-rosa Blüten in den Vasen.

Dann wurde es lustig, mein Papa hatte ein Quickly, das angesagteste Moped in der damaligen Zeit. Ich saß mit weit gespreizten Beinen und festem Griff an der Bergmannskoppel hinter meinem Vater. So fuhren wir nach Hause."

Andreas blätterte weiter im Album und fand eine ganz besondere Fotografie. Das Foto zeigte seinen Vater mit seinen beiden besten Freunden. Die Fotografie dokumentierte die

Glück auf – Bergmannsweihnacht im Theresienstollen von Amberg.

wohl schwerste Zeit im Amberger Bergbau. Drei gestandene Männer saßen hinter einem kleinen Christbaum, zwischen geborstenen Stempeln. Diese Baumstämme, mindestens 30 cm dick, waren halb gebrochen, so wie man Streichhölzer knickt. Doch es sah so aus, als hielte das Geviert noch und sicherte den Stollen. Die Frau von Andreas fragte: „Was war damals passiert?" Soweit sich Andreas erinnern konnte, wurden die untersten Stollen des fast zehn Kilometer langen Stollensystems von einem wasserreichen Schwimmsand zugeschwemmt. „Mein Vater sagte damals, dass die Kumpel sofort alles stehen und liegen ließen und so schnell sie konnten um ihr Leben liefen. Sie versuchten sich in die nächst höheren Stollen zu retten. Auch mein Vater war zu dieser Zeit im Stollen. Als sich das Unglück wie ein Lauffeuer in der ganzen Stadt herumsprach, hatten auch wir zu Hause große Angst um unseren Vater. Natürlich war die Freude groß, als er wieder gesund nach Hause kam.

✳ ✳ ✳

Nach diesem Einbruch mussten sie Zusatzschichten arbeiten, damit die Stollen wieder aufgewältigt und sauber gemacht werden konnten. Nach und nach wurden die Stollen wieder aufgehoben. Das galt natürlich auch für die gesamte Weihnachtszeit. Um sich eine Freude bei dieser Schinderei zu machen, hatte mein Vater die Idee, einen kleinen Christbaum mit in die Grube zu nehmen. Immer noch angetan, dass ich ihn vom Bergwerk abgeholt hatte, fragte er mich damals, ob ich mitkommen wollte, um einen kleinen Christbaum für die Kumpel zu holen. Was für eine Frage. Ja, freilich wollte ich! Ich durfte wieder hinten auf die Quickly, und so knatterten wir beide los, um an kloan Christbaum für die Bergleut im Stollen zu holen. Seine Kameraden in der Schicht sollten von zu Hause kleine Christbaumkugeln und Kerzen mit Halter mitbringen, damit der Christbaum auch nach was ausschaut.

An dem besagten Christbaumbesorgungstag hatte mein Vater seinen wöchentlichen Stammtisch und ging um halb Siebene ins Wirtshaus. Darauf hatte ich schon ungeduldig gewartet. Ich lief zu meiner Mama und fragte sie: ‚Kannst ned mit mir aus dem Zeitungspapier an Stern für den Christbaum vom Papa macha?‘ ‚Das ist aber eine liabe Idee‘, meinte sie, „‚wart, ich hob da wos scheens.‘ Nach kurzer Zeit kam sie mit einem Goldpapier. Das war vorne ganz golden und hinten glänzte es dunkelrot. Es war einfach toll! Dann begannen wir beide, Sterne aufzuzeichnen und auszuschneiden. Zusammengefaltet waren sie noch schöner und Spaß gmacht hat's auch. Als wir fertig waren, legte ich drei kleine Sterne in die Brotzeitschachtl von meinem Papa für den nächsten Tag. ‚Das merkt er erst morgen bei der Brotzeit‘, meinte meine Mama und lächelte. Vor lauter Aufregung konnte ich in der Nacht nicht richtig schlafen. Ich wär so gern dabei gewesen, wia er sei Brotzeitdosn aufmacht und die schena Stern drin find'.“

Auf dem Foto waren ganz deutlich die Sterne von damals zu erkennen. „Auf meine Sterne bin ich heut noch stolz", sagte Andreas leise. Als er das Album schloss, fiel etwas Buntes heraus. Bei näherem Hinschauen erkannte er einen kleinen Stern aus Goldpapier, golden und dunkelrot. In diesem Moment blieb ihm kurz die Luft weg. Sein Vater hatte all die Jahre einen seiner Sterne aufbewahrt. In diesem erfreulichen Augenblick sagte seine Frau zu ihm: „Komm Andreas gib mir das Album und den Stern. Beide lege ich gleich in meinen Korb damit sie nicht verloren gehen und der Weihnachtsstern aus dem Theresienstollen bekommt heuer einen Ehrenplatz an unserem Christbaum.

Urlaub auf dem Bauernhof

Heutzutage muss ein jeder schauen, wo er bleibt. In den Regionen des Bayerischen Waldes und des Oberpfälzer Waldes ist der Tourismus gut im Kommen und ein gern genommenes Zusatzeinkommen. Immer mehr Städter ziehen es vor, in gemütlicher Landschaft Urlaub zu machen. Wellness hier in „bayrisch Kanada" bzw. der „Oberpfälzer Toskana" ist heute das große Zauberwort. Berge, Burgen, Seen und reizvolle Flüsse sind für eine Abenteurerfamilie genau das Richtige.

So entschlossen sich Hubert und seine Frau ihrer Landwirtschaft noch ein Feriendomizil hinzuzufügen. Nachdem alle Formalitäten erledigt waren, warteten sie auf ihre ersten Gäste. Schon bald kam eine Anfrage per E-Mail. Jedoch kündigte die Frau der Familie an, dass sie vorher noch gern telefonisch

Kontakt mit ihnen aufnehmen wolle. Soweit so gut. Einen Tag später rief sie an. Sie fragte etwas verhalten, ob es problematisch wäre, weil ihr Sohn das Down-Syndrom habe. „Nein, natürlich nicht", antwortete Hubert, „wie kommen sie denn da drauf?" Kurz war es still am Telefon. „Dann freuen wir uns auf Bayern und die Oberpfalz", sagte die Frau mit fester Stimme.

Die Begrüßung der Familie war herzlich und der angekündigte Sohnemann musterte den Lauberbauern erst einmal eine Minute lang von oben bis unten. Dann meinte er: „Ich bin der Leo und wer bist du?" Nachdem er erfahren hatte, dass er der Hubert ist, war alles o.k. In den nächsten Tagen kamen sie sich immer näher. Eines aber machte Hubert stutzig. Mit seinem Vater verbrachte er weniger Zeit, als mit ihm. Das ließ ihm keine Ruhe. So fragte er am nächsten Tag Leos Mutter, was da los ist. Schweren Herzens gestand sie ihm, dass ihr Mann mit dem Leo nicht gut zurechtkommt. Dieser Urlaub sei wieder einmal einer ihrer Versuche, beide zueinander zu bringen. „Mein Mann kommt mit der Behinderung unseres Kindes nicht zurecht. Ich weiß nicht mehr, was ich tun soll", erzählte sie. In der Nacht dachte Hubert darüber nach, wie er helfen könnte. Doch die gebuchte Woche verging wie im Fluge, und irgendwie war's traurig, nichts erreicht zu haben.

Der Sommer ging vorbei und alle freuten sich schon auf den Winter. Hubert kriegte den Leo nicht aus dem Kopf. Nachdem er sich mit seiner Frau besprochen hatte, schrieb er folgende Zeilen an Leos Mutter: Ich möchte ihnen ein besonderes Angebot machen. Kommen sie mit ihrer Familie für eine Woche über Weihnachten zu uns. Wir würden uns freuen. Nach ein paar Tagen kam die Antwort. Leos Mutter schrieb, dass sie sehr gerne kommen würde, da Weihnachten bei ihnen zu Hause immer etwas Trauriges hätte.

Urlaub auf dem Bauernhof und himmlischer Beistand für den Fußballverein.

Fünf Tage vor Heiligabend trafen Leo und seine Eltern ein. Herzlich, wie schon beim ersten Mal, war die Begrüßung. Am nächsten Morgen beim Frühstück fragte Hubert den Leo: „Möchtest du mal eine Krippe bauen?" „Was ist das?", war Leos Antwort. „Das zeig ich dir heute. Soll dein Papa auch mit?" Mit leicht gedrehtem Kopf und einem verschmitzten Lächeln antwortete Leo: „Ja, Papa soll mit." Hurra ein Etappensieg.

Zusammen gingen sie nach dem Frühstück in die Kirche. Dort hatte Hubert bereits den Krippenkasten aufgestellt. Auch der Stall stand schon da, wo er hin sollte. Außen herum standen Kisten mit Moos, den Krippenfiguren und Wacholderzweigen, die als Bäume dienen sollten. Beiläufig fragte er Leos Vater, ob er wüsste, wie eine Krippe aussieht. „Ja, ich glaub schon", war seine nicht gerade überzeugende Antwort. „Na dann", meinte Hubert, „dann macht mal schön, ich muss noch was erledigen und verschwand." Etwas überrascht waren die beiden schon, machten sich aber sogleich an die Arbeit.

❄ ❄ ❄

Nach einer Stunde kam Hubert wieder und siehe da, es hatte sich schon was in der Krippe getan. Zuerst traute er seinen Augen nicht. Je genauer er hinschaute, desto mehr wurde ihm die Darstellung der Krippe klar. Leo hatte das Krippenhaus total ignoriert. Es stand leer. Das Jesuskind und Maria fand er nach längerem Suchen zwischen zwei Steinen, die Felsen darstellen sollten, vollgestopft mit weichem Moos. Der Josef stand hinter den Wacholderzweigen ganz allein. Oh mein Gott, was hatte er da angestellt. Mit einem Mal wurde ihm bewusst, was Leo und sein Vater hier angedeutet hatten. Er drehte sich zu Leos Vater um und sah in ein leeres Gesicht. Der zuckte mit den Achseln und ging. Als er fort war, sagte Hubert zu Leo, dass er das sehr schön gemacht hätte und er ihm morgen bei der Krippe helfen würde.

Da kam ein großes lautes Nein von Leo. Was war das denn jetzt? „Morgen geh ich mit meinem Papa Schlitten fahren", posaunte er raus und marschierte los. Angenehm überrascht, stimmte Hubert zu: „Guad dann machma halt übermorgen weiter", so sein Vorschlag. „Ja", war das Schlusswort des Tages von Leo. Tag um Tag verging, Kripperl bauen, Schlitten fahren, Plätzchen backen und essen. Eine schöne Zeit für alle. Auch für Leos Mama? Doch ja, mit Freude sah sie, wie sich ihr Mann um Leo bemühte und Leo das gerne annahm.

Am Heiligen Abend kamen die beiden Töchter vom Lauberhof nach Hause und es war schön, dass sich die gesamte Familie im alten Bauernhaus zusammenfand. So wia früher halt. Beide hatten viel Spaß mit Leo und der freute sich fast schon ein bisschen zu viel. Hubert hatte ein besonderes Weihnachtsgeschenk für ihn vorbereitet: eine Krippe, die man zusammenstecken konnte. Bei der Bescherung sah Leo ihn ganz entgeistert an. „Für mich?", war seine Frage. „Ja", antwortete der Lauberbauer, „und nächstes Weihnachten kannst du gemeinsam mit deinem Papa die Krippe zusammenbauen und aufstellen." Schnell war der zweite Weihnachtsfeiertag da und Hubert und seine Frau verabschiedeten Leo und seine Eltern, im Kofferraum die Steckkrippe für nächstes Weihnachten.

Fast ein ganzes Jahr verging und ab und zu dachten sie noch an Leo. Wie es ihm und seinem Papa wohl ginge? Kurz vor Weihnachten kam dann ein Brief aus Köln. Die Lauberbäuerin winkte mit dem Brief und sagte zu ihrem Mann: „Schau, der Leo hat uns doch nicht vergessen." Falsch gedacht. Leos Mutter schrieb. Zuerst entschuldigte sie sich für ihren Buben, weil er kaum noch Interesse an der Krippe hatte und trotz seines Versprechens nicht geschrieben hatte. So schreibe ich euch, um zu erzählen, was Leo wieder mal eingefallen ist: Ich wollte die Krippe für Weihnachten aufstellen und musste dabei feststellen, dass das Christkind nicht da war. Ich konnte es mir nicht erklären, da ich doch alles so genau aufgehoben hatte. In meiner Verzweiflung fragte ich meinen Mann, ob er vielleicht wüsste, wo die Christkindlfigur sein könnte. Erst schmunzelte er, dann lachte er laut. Es machte ihm sichtlich Spaß mir zu sagen, dass Leo das Christkind hat.

Seit September sind Leo und sein Papa große Fans unseres Fußballvereins, was mich unheimlich glücklich macht. Doch der Verein hatte einen sehr schlechten Start hingelegt. Da kam Leo auf den Gedanken, dass vielleicht das Christkind ein guter Helfer sein könnte und er nahm es jedes Mal zum Fußballspiel mit. Vorletzter sind sie jetzt, mit Tendenz nach oben. Nach dieser Erkenntnis ging ich in Leos Zimmer und suchte nach der Christkindlfigur. Ich fand sie zwischen der Vereinsfahne und dem Wimpel des 1. FC Köln. Ich nahm das Christkind und hängte dafür einen Zettel mit folgendem Text an die leere Stelle: „Habe Christkind entnommen. Brauche es für Weih-

✳ ✳ ✳

nachten. Danach kann's wieder Fußballspielen. Mama." Im Weihnachtsbrief nach Köln schrieb Hubert, dass sie sich sehr freuen, dass Leo und sein Papa gute Freunde geworden sind und wünschten ein frohes und niemals mehr ein trauriges Weihnachtsfest. Zum Schluss schrieb er noch: Vielleicht sehen wir uns ja wieder, denn wir haben auch so einen Fußballverein, der himmlischen Beistand gebrauchen könnte.

Sein innigster Wunsch

Wir kennen das alle, wenn man sich etwas unbedingt wünscht, dann ist das hoffnungsvoll schön. Aber wenn man nicht weiß, ob man es auch bekommt, führt das manchmal zu außerordentlichen Energien – vor allem bei Kindern. So ein Kind ist der Franzl. Dahoam ist er in Oberhütten und war wie alle Jungen in seinem Alter von neun Jahren mal mehr, mal weniger umtriebig. Eines aber erkannte man schon früh bei ihm und das war die Liebe zur Technik. Alles was sich zusammenschrauben, zerteilen und wieder zusammenbauen ließ, das interessierte unseren Franzl und wenn's sein musste über Tage. Stock narrisch war er, wenn was danebenging. Dann verließ er das elterliche Haus in Oberhütten und marschierte zu seinem Lieblingsplatz dem Gläsernen Kreuz auf dem Reiseckfelsen. Von dort aus konnte er bis zum Hohen Bogen hinüberschauen. Das war wahrlich kein kurzer Weg durch Wald und Flur. So stampfte er mit einem Grant im Bauch durch den Wald, weil wieder mal etwas nicht gelungen war, wie er es sich erhoffte. Seine Eltern überlegten schon, ob sie mit ihm nicht mal zu einem Psychologen müssten. Aber nie reichte die Zeit.

Der Vater betrieb eine kleine Glashütte und war ständig damit beschäftigt, die Familie finanziell über Wasser zu halten. Die große Zeit der Glasbläserei hier im Wald war vorbei. Immer mehr Glashütten wurden geschlossen, weil der Bedarf nicht mehr da war und die Leut' nicht mehr davon leben konnten. Ein paar kleine Nischen gab's noch. Dazu zählte ohne Zweifel der jedes Jahr stärker werdende Tourismus. So war's auch bei Franzls Familie. Sparsamkeit stand an erster Stelle. Öfter schon musste sich unser Franzl entweder aus der Glashütte seines Vaters was „ausleihen" oder vom Schreiner im Ort ein Stück Holz stibitzen. Daraus baute er dann ein oft nicht nachvollziehbares Fantasieobjekt. Was absolut im Ort fehlte, war seiner Meinung nach eine Schlosserei. Aber wo gibt's die heute noch? Hier wäre unser Franzl Tag und Nacht zu Hause gewesen.

Spät im September war's, als die Familie nach Furth im Wald zum Einkaufen fuhr. Das war für den Franzl natürlich auch interessant. Er sah viel Neues und alles war für ihn, einem Entdecker und Künstler, von Bedeutung. Eine neue Hose und einen Pullover für den Winter bekam er. Aber das interessierte ihn weniger. Im Kaufhaus bettelte er solange, und das konnte er absolut gut, bis seine Eltern nachgaben und mit ihm in die Spielzeugabteilung gingen. Hier im Reich der Baukästen, Modellautos und Modellflugzeuge war seine Welt. Sein Vater aber sagte, dafür bist du noch zu jung. Da war der Franzl in seiner Euphorie aber ganz anderer Meinung. „Geh mal mit", sagte sein Vater und legte ihm den Arm um die Schultern. Über ihnen hing ein großes Schild und machte Werbung für ein neues Baukastensystem. Es hieß „Plastikant" und war für Kinder ab sieben Jahren geeignet: Steckmodule. Angeblich soll man mit diesen Dingern Autos, Häuser, Kräne und Flugzeuge mit und ohne Motor bauen und

❄ ❄ ❄

wieder zerlegen können. Auch geht angeblich nix kaputt. Bauen, zerlegen, neu bauen – unendliche Möglichkeiten. Ein Traum für'n Franzl. Unter dem Schild lag ein Prospekt mit der Beschreibung dieses universellen Baukastens.

Auf dem Nachhauseweg wunderten sich die Eltern, dass es so still im Auto war. Hatten sie ihr Kind im Kaufhaus vergessen? Nein, nein. Auf der Rückbank liegend war unser Technikgenie ganz in den Prospekt vertieft und ein großer Wunsch entstand. Tagelang nervte er seinen Vater und seine Mutter. Sein Freund, der Pauli, konnt's auch schon nicht mehr hören. Er wollte unbedingt, und koste es was es wolle, diesen Baukasten. Aber alles, was nicht machbar ist, verläuft irgendwann im Sande. Das ist zwar bitter, aber es ist so und Franzl dachte nicht mehr an seinen innigsten Wunsch.

Eines Tages, als der Franzl beim Pauli zum Fernsehschauen war, da sie selbst keinen Fernseher hatten, kam die Werbung für Plastikant. Sofort flammte alles wieder auf. Der Pauli verdrehte wieder die Augen. Zu Hause begann dasselbe Spiel wie vor ein paar Wochen. Als sich die Mutter nicht mehr zu helfen wusste, sagte sie: „Schreib halt ans Christkind, vielleicht schenkt es dir den blöden Baukasten zu Weihnachten." So genervt war sie. Wer glaubt denn heute noch ans Christkind. Jeder weiß doch, dass die Eltern die Geschenke kaufen. Wurscht, jede nur erdenkliche Möglichkeit musste ausgeschöpft werden. So schrieb der Franzl mit vielen Zweifeln, aber auch sehr verzweifelt ans Christkind.

Kurz vor Weihnachten trafen sich der Franzl und der Pauli wieder. Der Pauli war ein ausgekochtes Schlitzohr, das hatte der Franzl schon immer geahnt. Er hatte zu Hause alle erdenklichen Schränke und Verstecke durchsucht, um sicher zu gehen, dass das Computerspiel, das er sich zu Weihnachten gewünscht hatte, auch gekauft worden war. Allerdings ohne Erfolg. Dafür fand er eine große Schachtel auf der „Plastikant" stand. So ein Schmarrn. Was sollte er damit, sein Freund könnt's brauchen. Aber er traute es sich nicht ihm das zu sagen.

Am Freitag vor Weihnachten stand für den Franzl fest. Es ist nix da. Der Pauli hatte ihm gesteckt, er soll doch wie er, alles daheim durchsuchen, ob er was find. Aber das brachte auch nichts. Wie mit Engelszungen redete der Franzl auf seinen Freund ein, er soll doch mit ihm nach Furth mit dem Bus fahren, damit er im Kaufhaus nachfragen könnte, ob seine Eltern den Baukasten gekauft haben. „Du spinnst doch", hat der Pauli gesagt, ist aber dann doch mitgefahren. Zu Hause haben sie erzählt, sie wären beide beim Schreiner, wie so oft. Um 9.00 Uhr sind sie mit dem Bus von Oberhütten nach Furth im Wald gefahren. Dort angekommen, war der erste Weg ins Kaufhaus und schnell hinauf in den zweiten Stock zur Spielzeugabteilung. „Saxendi, wo woar des wieda", schimpfte der Franzl, „koa Schildl mit Plastikant. Nix."

Nachdem sie die ganze Abteilung abgelaufen hatten, resignierten sie. Da kam auf einmal eine nette Dame zu ihnen und fragte ob sie helfen könnte. Sie hatte die beiden nämlich schon einige Zeit beobachtet und vorsichtshalber den Kaufhausdetektiv informiert. Da sprudelte es aus dem Franzl raus: „Habt's ihr koar Plastikant mehrer. Des woar doch dou, jetz is nix mehr dou." Die freundliche Dame bedauerte und sagte: „Tut mir leid, aber das haben wir alles verkauft. So schnell konnten wir gar nicht schauen und dann war alles weg." Der Franzl setzte nach: „Hod vielleicht a Mo, so fast zwoa Meter grous und an Bart hod er a, oa Schachtel kafft? Mir wohna in Oberhütten. Woar der niad dou?" Wieder ein freundliches Lächeln der Verkäuferin. Tut mir wirklich leid, aber zu uns kommen so viele Menschen, das kann ich nicht sagen.

❋ ❋ ❋

Das gläserne Kreuz auf dem Reiseckfelsen.

Vollkommen zerknirscht, um nicht zu sagen völlig zertrümmert, traten die beiden die Heimreise an. Zwoa Markl hat die Fahrt für beide kost. Für nix und wieder nix. Der Franzl war am Ende. Auch der Pauli konnte ihn nicht wieder aufrichten. Des Christkind kann mein Zettl auch wegschmeißen, ließ er wissen – so sauer war er. Weihnachten war für ihn damit erledigt. Viel hat's in die letzten Jahr sowieso nicht gem, nur was' halt wirklich braucht hat. So war's egal.

Am Heiligen Abend war alles wie immer. Der Vater arbeitete noch in der Glashütte und kam spät heim. Die Mutter putzte das Haus, weil morgen die Schwiegereltern kommen wollten. Ganz unspektakulär gingen sie zusammen ins Wohnzimmer, um den schönen Christbaum anzuschauen. Die Mutter hatte wieder Lametta an den Baum gehängt. Das war das vom letzten Jahr. Sie hatte es sorgsam heruntergenommen und gebügelt, damit sie heuer wieder ein Lametta hatten und keins kaufen mussten. Viele Geschenke lagen nicht unter dem Baum. Aber ganz hinten lag eine Schachtel, wunderschön in Weihnachtspapier verpackt. Obendrauf war ein Glasengel, so wie nur der Papa ihn machen konnte. Mutter und Vater standen Arm in Arm vor dem Baum und sagten zu ihrem Lausbuben, ob er nicht diese Schachtel aufmachen wolle. Fast gelangweilt holte der Franzl die Schachtel hervor und riss das schöne Weihnachtspapier auf. Es genügte ein Blick und die Welt war wieder in Ordnung. „Plastikant", schrie er, „danke, danke, danke!" Dann ließ er die Schachtel abrupt fallen und rief beim Hinauslaufen den Eltern zu: „I muas jetza zum Pauli!" Und fort war er. Mitten in der Bescherung.

Der Pauli wohnte nur zwei Häuser weiter, so war er relativ schnell dort. Er klingelte Sturm. Die Familie vom Pauli wunderte sich nicht schlecht, wer da am Heiligen Abend klingelte. Kein Geringerer als unser Franzl! Voller Freude wurde dem Pauli mitgeteilt, dass er endlich den Baukasten hatte und auch dem Pauli war sein Wunsch erfüllt worden, und er bekam sein Computerspiel. Das war ein Weihnachten. Was die Buben aber nicht wussten, war, dass ihre Eltern doch noch ein Stück schlauer waren, als ihre beiden Schlitzohren. So hatten sie vereinbart, dass das Geschenk für den Franzl die Familie vom Pauli aufbewahrt und das Computerspiel für den Pauli die Eltern vom Franzl.

Weihnachten macht halt nicht nur Kindern Spaß.

❄ ❄ ❄

Die Urwaldkrippe

Die Obere Pfalz wie sie früher genannt wurde, ist mit Natur reich gesegnet. Große tiefe Fichtenwälder, von Flüssen und Bächen durchzogen, mächtig durch den Oberpfälzer Jura mit seinen bizarren Felsgebilden und dem Bayerwald, reich an Holz, Quarz und Grafit. In dieser schönen Landschaft wollte Thomas unbedingt, wie sein Vater, Flussmeister am Regen werden. So kam es dann auch. Als Flussmeister war er bis zu seiner Pensionierung für sein geliebtes Regental zuständig. An diesem Bayerwaldfluss befinden sich kleine Wasserkraftwerke, die schon seit Jahrzehnten für Öko-Strom sorgten, noch bevor es dieses Wort überhaupt gab.

Bei den Kontrollen dieser Werke kam es hin und wieder mal vor, dass sich an den Durchlaufgittern wunderschöne Wurzeln verfingen. Für die Besitzer war das Unrat, aber seit Thomas dort seine erste Wurzel gefunden hatte, begann seine Leidenschaft für das Wurzelwerk. Diese Sammelleidenschaft ließ ihn auch nach seiner Pensionierung nicht los. Oftmals zum Unmut seiner Frau.

Ende November kam wieder die Zeit, in der er langsam seine Krippen durchsah und sich entscheiden musste, welche aufgestellt wird. Auch die recht stattliche Wurzelsammlung wurde durchforstet. Eine Stoawald- oder Bayerwaldkrippm ohne Wurzel – undenkbar. So war er fest entschlossen wieder einmal eine Krippe mit Szenen aus dem Stoawald zu machen. Aber er musste sich beeilen, da Schneefall angesagt war und noch kein einziges Fleckerl Steinmoos zu Hause war.

Gegen zwei Uhr nachmittags sagte er zu seiner Frau: „Ich fahr noch schnell in Wold naus, weil ich nu a Moos brauch." „Guad", antwortete sie und fügte hinzu, „dann kannst gleich beim Gartencenter vorbeischaun und mir an Adventskranz mitbringa." Zuerst des Moos, dann Adventskranz – so war's dann auch. Gscheit gnervt, weil beim Gartencenter wieder mal die Hölle los war, kaufte er den gewünschten Adventskranz. Kerzen? Dafür war kein Auftrag erteilt. Kurz vor der Kasse kam er dann an der Aquarienabteilung vorbei. Wie vom Blitz getroffen, blieb er vor einer mächtig großen Wurzel stehen. Von vorn, von hinten, von oben und unten, von überall hat er sie angeschaut. Perfekt! „Gfällts Ihnen?", fragte eine Stimme hinter ihm. „Ja scho. Wou koumt nou die her?" Die Antwort des netten Gartencentermitarbeiters machte diese wunderschöne Wurzel noch interessanter. „Aus dem Amazonas. Des is a Mangrovenwurzel." „Wos kost nou sowos?", wollte Thomas wissen. „120 Markl muast scho hinlegn", so die geschäftstüchtige Antwort. Pah, war das teuer.

Auf der Fahrt nach Hause, drehten sich die Gedanken von Thomas nur noch um diese Wurzel. Fast wäre er bei Rot über die Ampel gefahren. Auch den einsetzenden Schneefall nahm er gar nicht wahr. Nächtelang verfolgte ihn die neue Wurzel, bis er sich endlich dazu entschied, sie zu kaufen. Hoffentlich war sie noch da. Unter dem Vorwand, dass er für seinen guten Freund Richard mit dem Anhänger aus Cham noch was holen sollte, wollten beide los. „Du woast scho, dass ich heit mit dem Frauenbund bei der Winterwanderung bin", kam es von seiner Frau aus der Küche, „des kann spat wern." Passt wia gstrickt, dachte sich Thomas, so a Glück. Im Gartencenter angekommen, rannte er fast in die Aquarienabteilung, nur um zu sehen, ob die Amazonaswurzel noch da war. Der Richard schnaufte hinter ihm her. Sie war noch da und der Richard

✳ ✳ ✳

war sprachlos. „Na, wos sagst?", fragte Thomas. Die Antwort vom Richard ließ nicht lange auf sich warten. „Dei Alte frisst dich aufm Kraut, wenn's des rauskriagt."

So schwer konnte keine Wurzel der Welt in diesem Augenblick sein. Aber gut 25 Kilo waren es dann schon. Zu Hause in seiner Werkstatt dankte Thomas dem Richard für seine Hilfe und bat ihn, mit niemanden drüber zu reden. Der tippte sich mit dem Zeigefinger an die Stirn und sagte: „Bin ich narred, des glabt mir ja sowieso koaner." Da stand sie nun in aller Pracht und wilder Schönheit, seine Amazonaswurzel. Einen Meter groß und ein Traum von einer Wurzel. Die beiden außen aufsteigenden Wurzelteile sahen aus wie die Geweihschaufeln von einem Dammhirschn. Dazwischen zusammengewachsene Äste. Einfach schön. Dann legte er eine Decke darüber, damit man sie nicht sah.

In der Nacht kam dann die himmlische Eingebung, aus der Wurzel eine Krippe zu machen. Eine Urwaldkrippe. Gleich am nächsten Tag nach dem Frühstück verschwand er in seiner Werkstatt. Seine Frau hörte er noch rufen, dass sie heute Plätzchen backt. Das war gut. Jetzt gilt's, dachte er bei sich und betrachtete die ausgesuchten Krippenfiguren. Gerade in diesem Augenblick läutete es im Haus und man hörte schon die Enkelin ins Haus stürmen und zwar so, wie sie es immer machte. Laut, schnell und alles durcheinander bringend. Na dann gute Nacht! Thomas mag sie wirklich gern, aber es gibt Momente, in denen sagt man: „Bloß jetzat niad!" „Wo isn der Opa?", hörte er sie sagen. „In der Werkstatt", antwortete Oma, „aber da kannst jetzt ned nei." So schnell schaute weder die Mutter noch die Oma, da stand sie schon in der offenen Werkstatttür.

Na bravo, dachte sich Thomas. Vor ihm stand sein Sonnenschein oder sagen wir lieber sein Fixstern. „Servus Opa", schallt es ihm in ihrer unnachahmlichen Art entgegen. Bei ihr konnte er sich sein Hörgerät sparen. „Es schneit, gemma Schlitten fahren?" Er antwortete ihr, dass es noch zu wenig Schnee wäre. Und schon kam die nächste Frage: „Was machstn du? Kann ich dir helfen?" Zwei falsche Fragen auf einmal. Dann drehte sie sich um und sah die verdeckte Wurzel. „Was isn das? Das is ja cool." „Des is eine Wurzel aus dem Amazonas im Urwald", war die etwas protzige Antwort, „das ist aber ein großes Geheimnis", fuhr er fort, „und du musst mir in die Hand versprechen, dass du keinem was erzählst. Der Oma nicht und der Mama auch nicht, denn sonst ist Weihnachten im Eimer. Großes Ehrenwort?" Sie überlegte kurz und antwortete: „Großes Ehrenwort. Was machst du denn mit dem Baum?" „Des wird mei neue Krippm", sagte er ihr so nebenbei. Da sah sie ihn mit großen Augen ungläubig an. „Ja ich weiß", sagte Opa, „das Christkindl ist in einem Stall auf die Welt kommen. Aber manchmal darf man auch mal was anders machen." Gleich darauf schoss sich die Kleine auf ihn ein und sagte: „Is des Moos auch aus dem Urwald?" „Nein", sagte er, „das hab ich gestern aus dem Wald gholt." „Dann ist es ja doch unser Krippm und niad die aus dem Urwald", antwortete das siebengscheite Kind. „Komm hilf mir", war seine rettende Antwort.

Langsam aber stetig begannen beide mit der Gestaltung. Gebohrt haben sie, kleine Lichtleitungen verlegt und zwischendrin ausprobiert, ob alles funktioniert. „Jetzt machma Brotzeit!", schallt es auf einmal durch den Raum und schwups war sie aus der Tür. Dann ging die Tür wieder auf. Sonnenscheinchen steckte den Kopf herein und sagte: „Ich sag nix wegen dem Urwald und auch nix wegen dem Eimer." Dann war sie wieder verschwunden. Es dauerte ungefähr fünfzehn wunderbar ruhige Minuten bis sie samt Korb und Brotzeit

❈ ❈ ❈

die Tür wieder öffnete. Jetzt freute der Opa sich auch wieder, denn Brotzeitmachen mit ihr war immer etwas Besonderes. Es wird alles und von jedem probiert, manchmal wird auch ein kleines Stück stibizt, sehr zur Freude aller Beteiligten und es wird viel dabei gelacht. So fiel sein Unmutsbarometer wieder in den Normalbereich und dazu gab's gratis noch eine Ausschüttung von Glückshormonen. Auf jeden Fall war der Vormittag nicht umsonst. Das hat ihm dann das Abschiedsbusserl seiner kleinen Krippenhelferin gsagt. Er rief ihr noch nach: „Großes Ehrenwort!" Sie lachte, nickte und verschwand so schnell, wie sie gekommen war.

Endlich konnte er weitermachen, so wie er es vorhatte, und der Fleiß kam mit der Freude. Ein sonniger Tag und das am Heiligabend. Draußen lag fast ein halber Meter Schnee. So wia ma sich des wünscht. Was wird wohl die kleine Krippenkritikerin zur fertigen Urwaldkrippe sagen. Was seine Frau dazu sagte, als sie es rausfand, bleibt unausgesprochen. Sie hatte sich für die Küche eine extra kleine Oberpfälzer Krippe gewünscht. Das sprach schon Bände. Aber er gab jetzt auch nicht nach, nachdem er sich so viel Arbeit gemacht hatte. Als alle am Heiligen Abend ins Wohnzimmer durften, um den Christbaum anzuschauen, die Weihnachtsgeschenke in Empfang zu nehmen und die Urwaldkrippe zu bestaunen, war Thomas schon sehr aufgeregt.

Er wusste natürlich nicht, ob nur seine Frau so negativ eingestellt war. Sein Fixsternchen alias Sonnenschein schaute nur kurz zum Christbaum und marschierte schnurstracks auf die Urwaldkrippe zu. Diese hatte für sie die optimale Größe, denn sie konnte alles in Augenhöhe wahrnehmen. Der Gloria-Engel schwebte im freien Raum, die Aufhängung kaum sichtbar. Darunter war, wie in einer Hütte, Maria mit dem Jesuskind auf heimatliches Moos gebettet. Der heilige

Josef hatte unten keinen Platz mehr und wurde somit eine Etage höher mit einem Schaf platziert. Der Ochs lag schläfrig auf einem Seitenarm der Wurzel und so wie das aussah, war der da gar nicht glücklich, so allein. Der Esel kam von links, zusammen mit seinem Kumpel, der Ziege, geradewegs in Richtung Maria und dem Kind. Zwei Etagen darüber schien es so, als meckerte der Ziegenbock, weil er sich in der Wurzel verstiegen hatte. Welch ein Durcheinander!

So stand die gesamte Familie vor dieser seltsamen Urwaldkrippe und keiner sagte etwas. Sagts was, dachte sich Thomas und wenns sagts des is Käse, aber sagts was. Dann endlich. In ihrer unnachahmlichen Art fragt das Enkelkind: „Ist das Christkind nicht in einem Stall auf die Welt kommen?" Ihre Frage sorgte für ein verschmitztes Grinsen bei den Erwachsenen. Dann kam es noch schlimmer. Seine Frau meldete sich zu Wort und sagte: „Das hast jetzt von deiner blöden Idee mit der Mangrovenwurzel. Da macht man koa Krippm draus, dou schwimma Fisch durch." Aber als gstandner Oberpfälzer Opa ließ er sich nicht aus der Ruhe bringen. Er nahm seine kleine Enkelin bei der Hand und sagte: „Komm, ich zeig dir was. Dann gingen alle in die Werkstatt, wo er seiner Familie die große Stoawaldkrippm, die er nebenbei noch aufgstellt hatte, zeigte. Beim Sonnenscheinchen sind auf einmal die Augen ganz groß geworden und das Geplapper zu jeder Figur und zum schönen Christkindl im Stall hat gar nicht mehr aufgehört. Sehr zur Freude aller.

Opa, der Wurzelvisionär, gab sich geschlagen.

Ein Kind ward uns geboren

Simon und Kathrin stammen aus der Gegend von Neumarkt in der Oberpfalz. Kennengelernt haben sie sich auf dem Weihnachtsmarkt. Simon arbeitet bei der Stadt und Kathrin beim Landratsamt. Man könnte dabei auf den Gedanken kommen, sie beide repräsentierten die westliche Oberpfalz. Aber es dauerte schon noch eine Weile bis sie endgültig zusammengefunden hatten. Mit Unterstützung der Eltern bauten sie sich am Rande der großen Kreisstadt ein Haus. Gut ein Jahr später kam ihre Tochter Susanna auf die Welt und verschönerte ihr gemeinsames Leben. Als Susanna vier Jahre alt war, wurde ihre Mama wieder schwanger. So freuten sich Vater, Mutter und vor allem Susanna auf das neue Geschwisterchen. Im siebten Monat der Schwangerschaft fragte Susanna immer öfter, wann denn das Brüderchen endlich da ist. Völlig unüberlegt und schon fast genervt antwortete die Mutter: „Das wird ein Christkind." „Echt", war die erstaunte Antwort von Susanna, „das is toll." Als am Abend der Papa nach Hause kam, stürmte Susanna auf ihn zu und sagte: „Wir kriagn a Christkindl." Völlig verdutzt schaute er seine Frau an. Diese hob nur die Schultern, da ihr jetzt klar geworden ist, welchen Floh sie ihrer Susanna da ins Ohr gesetzt hatte.

Weihnachten war noch einige Zeit weg und immer wenn Susanna fragen wollte, wann es denn soweit sei, deutete ihre Mama auf den Kalender. Dort war von Susanna Weihnachten mit einem großen dicken roten Filzstift angemalt worden. Zwischendrin, wenn sich das künftige Brüderchen per Fußtritt oder sonst meldete, durfte Susanna kommen und es spüren oder ihr Ohr an Mamas Bauch legen. Jedes Mal wenn sie so nah dran war, flüsterte sie ganz leise: „Du wirst a Christkindl, niad vergessen." Endlich rückte der Geburtstermin näher, auch Weihnachten. Immer wieder dachte Susannas Mutter daran, was sie damals gesagt hatte.

Die Wehen setzten einen Tag vor Heiligabend ein. Susanna war ganz aus dem Häuschen. Oma und Opa mussten kommen und sich um das Kind kümmern, sonst hätte sie ihre Mama wohl noch ganz narrisch gmacht. Noch am selben Abend kam die Mama ins Krankenhaus. Mittlerweile hatte sie sich damit abgefunden, dass das Kind an Heiligabend zur Welt kommt, auch wenn das später für das Kind wohl nicht so lustig wäre – Geburtstag und Weihnachten an einem Tag. Die Natur, zusammen mit einer himmlischen Fügung, übernahm die Regie: Am frühen Nachmittag des Heiligen Abends kam ein kleiner Junge zur Welt. Die Schwestern und Ärzte auf der Entbindungsstation sprachen von ihrem „Christkind". Als Susanna das später hörte, war ihr das gar nicht recht, denn es war ja wohl ihres. Lange genug hatte sie es ihm im Bauch der Mama gesagt. Und die ham gar nix gmacht!

Besser als ein hölzernes Christkind ist nur ein echtes Brüderchen.

❄ ❄ ❄

Im Foyer des Krankenhauses war eine lebensgroße Krippe aufgebaut: zwei Fichten und dazwischen Josef, Maria und das Jesuskind in einer Krippe. Als Susanna mit Oma und Opa nach einer kurzen Bescherung und dem Abendessen ins Krankenhaus kam, fiel ihr Blick auf diese Krippe und ein toller Gedanke reifte in ihr. Endlich durfte sie in das Krankenzimmer zu ihrer Mama und ihrem Brüderchen. Ganz vorsichtig berührte sie die kleinen Fingerchen. Mama sagte zu ihr: „Schau, ist er nicht süß?" Auch der Vater nickte sichtlich stolz und setzte sich auf die Bettkante.

Nach einiger Zeit stahl sich Susanna unbemerkt davon. Oma und Opa, die sich schnell mal einen Kaffee aus dem Automaten holen, bekamen natürlich auch nichts mit. Susanna ging auf den Gang hinaus. Dort war ein frisches mit Folie abgedecktes Krankenbett. Kurzerhand nahm sie das Kopfkissen und marschierte los. Eine völlig erstaunte Krankenschwester kam ihr entgegen, sah sie an und fragte: „Wo willst du denn mit dem Kissen hin?" Die Erklärung war so einfach. Susanna sagte nur: „Wir ham jetz a Christkindl und des muas in die Krippm nei, sonst is des nix. A Deckn brauch i a nu, aber so viel kann i ned tragn." Die nette Stationsschwester verstand, meinte aber, dass das nicht geht, weil das Baby erst ein paar Stunden alt wäre. Es könnte sonst krank werden. Sofort hatte Susanna die Antwort parat: „A Christkindl wird ned krank." Eine zweite Schwester kam hinzu und war ebenso platt wie ihre Kollegin. Jetzt musste der Doktor her, um dieses kleine renitente Kind mit ihrem übergroßen Wunsch zu überzeugen. Zwecklos, Susanna stand mitten im Gang der Entbindungsstation wie ein oberpfälzer Granit. Auch der mittlerweile geholte Vater konnte seine Tochter nicht überreden. An so einem Sturkopf kannst zerschellen!

Der junge Herr Doktor sagte: „Ich übernehm die Verantwortung nicht, ich ruf jetzt den Oberarzt an." Eine Schwester meinte: „Glauben sie, dass das eine gute Idee ist? Immerhin ist heute Heiliger Abend." „Des ist mir jetzt wurscht!", meinte der Doktor und ging. Der Oberarzt lachte nur und machte sich auf den Weg. Schmunzelnd gingen beide wenig später zur Mutter des Kindes und fragten, ob sie sich gut genug fühle, um den Weihnachtswunsch ihrer kleinen Tochter zu erfüllen. Da die Geburt ohne Komplikationen verlaufen war, stand dem Vorhaben nichts mehr im Weg. Die Mutter und der kleine Bub wurden im Krankenbett mit dem Aufzug ins Foyer gefahren. Vater, Oma und Opa liefen hinterher. Allen voran jedoch marschierte Susanna an der Hand der Stationsschwester. Susanna hatte immer noch das Kopfkissen unterm Arm und die Schwester eine Wärmedecke für das Kindl.

Das war vielleicht ein Einzug nach Bethlehem. Der Mond, der noch sehr tief stand, schien so hell durch das Fenster des Foyers, als ob er heute den Stern von Bethlehem ersetzen wollte. Schnell sprach es sich herum, dass ein echtes Christkindl in die Krippe kommen sollte. Da gerade Schichtwechsel war, kamen einige Schwestern und Pfleger, bevor sie nach Hause gingen und wollten dabei sein. Alle warteten schon sehnsüchtig und freuten sich auf das Kind. Endlich. Der Oberarzt ließ es sich nicht nehmen, höchstpersönlich das „Christkind" in die Krippe zu legen, schließlich war Weihnachten. Der liebste Satz an diesem Heiligen Abend aber kam, von wem wohl, von Susanna. Sie ging zur Krippe hin, nahm die kleine Hand ihres Brüderchens und sagte: „Wennst dou fertig bist, dann kummst hoam zu mir."

Der Anruf

Über Nacht hatte es wieder angefangen zu schneien. Schon am Morgen lag eine beträchtliche Schneeschicht. Bäume, Häuser und Wege waren zugeschneit und der Schnee machte den dämmrigen Morgen schon erstaunlich hell. Schneeräumen war angesagt. Die Eheleute Schneider überlegten, ob sie nicht am Nachmittag eine kleine Winterwanderung machen sollten, da abzusehen war, dass am Nachmittag die Sonne auch ihren Beitrag zu einem schönen Wintertag leisten wollte. Um 10.00 Uhr, als sie gerade zu ihrem Samstagseinkauf aufbrechen wollten, klingelte das Telefon. Herr Schneider meldete sich und hörte eine helle und, wie er meinte, schon etwas ältere Stimme. „Bin ich in der Oberpfalz?", kam aus dem Hörer. Etwas erstaunt sagte er: „Ja das sind sie. Aber wen möchten sie sprechen?" „Das ist egal, aber können sie mir sagen, wie es bei ihnen aussieht?" Etwas lächelnd sagte er: „Ja, das kann ich schon. Wieso möchten Sie denn das wissen?" Da erklärte die ältere unbekannte Anruferin, dass sie in einem Seniorenheim in Hessen wohne und fast blind sei. Es sei ihr schönster Zeitvertreib, sich an die Orte zu erinnern, wo sie einmal war, wenn auch nur kurz. In jungen Jahren kam sie aus beruflichen Gründen in die Oberpfalz und könne sich jetzt nicht mehr so genau an diese schöne Zeit erinnern. Schon etwas berührt von dieser Mitteilung antwortete Herr Schneider: „Was möchten sie den gerne wissen oder was kann ich Ihnen erzählen?"

Unverzüglich begann sie zu erzählen vom Winter in der Oberpfalz. Auch an eine Pferdeschlittenfahrt mit einem feschen jungen Mann konnte sie sich noch erinnern. Mehr fiel ihr nicht

Eine Schlittenfahrt im Winter hat ihren ganz besonderen Reiz.

ein. Eine erstaunliche Frage kam gleich danach. Sie fragte Herrn Schneider, wie alt er sei und ob es recht wäre, wenn sie sich duzen. Ich heiße Elisabeth begann sie, bin 93 Jahre alt und wohne in einem Seniorenheim. Herr Schneider musste sich das Lachen verbeißen, weil er sofort an Loriot denken musste und begann selbst. Ich heiße Georg, bin 64 Jahre alt und wohne in einem kleinen Häuschen. So, das war geklärt. Nicht aber für Frau Schneider, die etwas ratlos und mit einem fragenden Gesicht im Wohnzimmer stand. Ihr Mann deutete an, dass sie wohl in zehn Minuten würden losfahren können.

„Du Georg", kam es aus dem Hörer, „kannst du mir von einer Pferdeschlittenfahrt bei euch erzählen, weil die Schwester gleich kommt?" „Ja gerne", war Georgs Antwort und fing an. „Liebe Elisabeth", sagte er, „mach mal die Augen zu und stelle dir einen wunderschönen großen Winterwald vor, mit sanften Hügeln und weiten Flächen dazwischen. Ein paar Häuser und Stodl stehen dort wie hingewürfelt. Vergiss aber den feschen jungen Mann nicht, der in diesem Fall wohl ich bin." Der Zwischenruf von Elisabeth war wieder ein Schmunzeln wert. Sie sagte: „Ich brauch die Augen nicht zumachen, das klappt bei mir auch so und dich krieg ich auch noch hin." „Stell dir vor" erzählte er weiter, „wir beide wollen eine Pferdeschlittenfahrt machen. Auf schneebedeckten Straßen fahren wir in den tiefverschneiten Oberpfälzer Wald zu einem Bauernhaus. Der Bauer verdient sich dort im Winter noch ein Zubrot mit Pferdeschlittenfahrten und wir beide haben uns heute für eine Schlittenfahrt bei ihm angemeldet. Dort angekommen, begrüßt uns nicht nur der Waldbauer herzlich, sondern auch die Sonne, die sich mühsam durch die Wolken und den hartnäckigen Hochnebel gekämpft hatte.

Gut eingepackt freuen wir uns darauf, dass es losgeht. Zuerst fahren wir auf einem Ziehweg über die freien Flächen vorm Wald. Die Sonne verzaubert den darauf liegenden Schnee in eine weiße Decke, auf der tausende von Diamanten zu liegen scheinen. Es glitzert und funkelt nur so im Sonnenlicht. Eine leichte Brise wirbelt diese Diamanten als ganz feinen Schnee über die Felder. Dann zeigt unser Kutscher auf die weiter hinten liegenden hohen Berge. Ganz oben auf dem Kamm schimmern die Bäume wie Silber im wärmenden Sonnenlicht. Er erklärt uns: ‚Des is bloß dann, wenn der ‚Böhmische Wind' den Hochnebel nachts an die Bam hiwaht.' Wir fahren weiter hinein in den tiefen, fast versunkenen Wald. Die kleinen Fichtenbäumchen biegen sich unter der Last des vielen Schnees und es scheint, als würden sie hier als Eingangswächter des Waldes stehen. Immer wieder rieselt von den oberen Zweigen ein ganz feiner Schneegriesel auf uns herunter. Wie durch eine Zauberwelt fahren wir zwischen den lichtdurchfluteten Bäumen hindurch. Nur das Schnauben der dampfenden Pferde und das Gebimmel des Schellenkranzes durchbricht die Stille des Waldes. Nach einer halben Stunde sind wir am Wendepunkt unserer Schlittenfahrt und der Kutscher bringt uns einen Schnaps zum Aufwärmen. Selber braucht er natürlich auch einen. Dabei erklärt er uns, dass hier einmal ein Einsiedlerhof war, aber nachdem die Schneemassen den recht einfach gebauten Stall schon zum zweiten Mal niedergedrückt und nun völlig zerstört hatten, gab der Waldbauer auf. So steht hier nur der traurige Rest einer der letzten im Wald stehenden Einödhöfe … Elisabeth bist du noch da?" „Ja, ja", war ihre rasche Antwort, „fahr nur weiter."

„Die Weiterfahrt ist recht lustig, da wir uns nochmals ein Stamperl genehmigten. Auch rücken wir beide näher zusammen, denn sich zu zweit in eine Decke zu kuscheln hat schon was. Dieses Mal fahren wir aber einen fast nicht erkennbaren Weg, der mitunter auch seine Tücken hat. Da geht es schon gut holprig voran. Fast ein kleines Abenteuer. Glücklich und zufrieden erreichen wir wieder den Waldrand. Die Sonne und die glitzernde Schneelandschaft zeigen, dass wir bald wieder auf dem Bauernhof sind, wo unsere Schlittenfahrt zu Ende ist." Es war wieder still am anderen Ende der Telefonleitung und Georg wusste nicht, ob Elisabeth schon aufgelegt oder die Schwester sie bereits abgeholt hatte. „Hallo Elisabeth?", rief er ein zweites Mal in den Hörer. Da kam wieder diese sehr feine und leise Stimme. „Ach Georg", sagte Elisabeth, „das war schön. Vielen Dank, dass ich für zehn Minuten wieder sehen durfte. Jetzt kommt die Schwester und ich muss aufhören. Das nächste Mal rufe ich dich im Sommer an, dann fahren wir zwei wieder mit der Pferdekutsche." Mit einem Lächeln antwortete Georg: „Ja, das machen wir."

Ohne Vorwarnung hatte sie aufgelegt, und auch Georg war wieder in der Realität angekommen. Als er seiner Frau die ganze Geschichte erklärte, lächelte sie und meinte: „Des woar doch unsere Schlittfahrt im Winter letztes Joahr." „Ja", antwortete Georg, „und ich kannt ma a vorstelln, das ma des heuer wieder machen."

❄ ❄ ❄

Geschenk für Opa

Der Kreiner-Opa ist weit bekannt als ein guter Handwerker und Schreiner. Sehr zu seinem Leidwesen ist Friedrich, sein norddeutscher Schwiegersohn, mit zwei linken Händen auf die Welt gekommen. So war und ist er in handwerklicher Hinsicht keine große Hilfe für seine Familie. Früher war das im Oberpfälzer Wald ganz anders. Es gab viele Familien, die sich mit Schnitzereien und Bastelarbeiten noch etwas Geld dazuverdienen mussten. Da war die ganze Familie einge-spannt. Aber mittlerweile hatte sich der Kreiner-Opa damit abgefunden. Friedrich, der Untalentierte, schaute aber we-nigstens ab und zu in seiner Werkstatt vorbei, um nicht ganz in Ungnade zu fallen.

Gut zwei Wochen vor Weihnachten, als er wieder einmal zu ihm in die Werkstatt wollte, hörte er schon von draußen, dass der Opa fuchsteufelswild war. Was ist denn da los, fragte er sich. So kannte er seinen Schwiegervater überhaupt nicht. Er nahm seinen ganzen Mut zusammen und ging in die Werk-statt hinein. Dort sah er ihn auf dem Stuhl sitzend. Er schien sehr verzweifelt zu sein. Friedrich fragte, was geschehen sei. Er antwortete: „Die ganze Krippe für meinen guten Freund Hans ist fertig und am Schluss, als ich das Christkind gnschitzt hab, ist der Arm abbrochen. Jetzt muass ich a Christkindfigur kaufen, obwohl ich ihm versprochen hab, dass er eine Figur von mir kriagt." Auf die Frage, warum der Arm abgebrochen ist, sagte er: „Mei Schleifstoa is hin und ich kann mei Werk-zeug nimmer richtig schleifen, so wia ich es brauch. Aber ma kriagt ja koan großen alten Schleifstoa mehr."

Da erkannte Friedrich sofort seine Chance. Wenn er einen finden würde, wäre das für Opa ein schönes Weihnachtsgeschenk. Sofort setzte er sich an den Computer und suchte nach einem solch besonderen Schleifstein. Doch bei den Internetanbietern fand er nichts. Er klickte sich von Plattform zu Plattform. Aber von dort kamen nur supergescheite Antworten, wie „Das was du suchst, gehört wohl eher in das 16. Jahrhundert". Danke, darauf konnte er verzichten. Am nächsten Tag aber stand dort folgende Mitteilung inklusive Kontaktadresse: „Mein Vater hat noch so einen alten Schleifstein und der geht noch." Friedrich war begeistert. Sogleich tippte er die angegebene E-Mail-Adresse ein, schrieb, dass er sich für die Info bedanke und bat um die Adresse des Eigentümers. Es dauerte eine ganze Woche, bis eine Antwort kam. „Entschuldigen sie bitte", schrieb der Informant, „aber wir waren in Urlaub." Er teilte mit, dass der Schleifstein seinem Vater gehöre, der bei ihnen wohne. Sein Vater würde sich freuen, wenn jemand diesen alten Schleifstein noch zu schätzen wüsste, denn bei ihm stünde das Ding nur unnütz herum.

Die mitgeteilte Adresse war dann die große Überraschung. Der angegebene Ort lag nur 40 Kilometer weg und war der Geburtsort von unserem Opa. Besser konnte es gar nicht laufen. Aber das behielt Friedrich für sich. Am nächsten Freitagnachmittag sagte er zu seiner Frau, dass er noch etwas sehr Wichtiges erledigen müsse und wohl etwas später nach Hause kommen werde. So fuhr er los. Die Bindergasse 19 war bald gefunden. Er stieg aus und läutete. Ein älterer Mann öffnete die Tür im großen Tor des stattlichen Bauernhofs und fragte ihn: „Wolln sie zu uns?" Friedrich bejahte und erklärte sogleich, dass er den alten Schleifstein gern kaufen würde. Der ältere Herr meinte, das sei schon richtig, aber das mache sein Sohn. Im gleichen Augenblick kam schon der Sohn um die Ecke und rief: „Servus, bist du der, der den Schleifstoa wui?" „Ja", antwortete Friedrich. „Gemma eine, redn ma des aus und trink ma a Halbe." Dabei streckte er ihm seine Hand entgehen und sagte, dass er der Anderl sei. Auch Friedrich stellte sich vor. „So, so der Fritz bist du", kam sofort danach.

Die nachfolgende Unterhaltung war für „Fritz" sehr anstrengend, da sein Gesprächspartner keinerlei Rücksicht auf einen „Zuagroasten" nahm. Aber sie verstanden sich gut. Noch bevor die Angelegenheit unter Dach und Fach war, wollte der Anderl wissen, wie sich der Opa schreibt. Kreiner Matthias antwortete Fritz und das originelle sei, er soll hier in diesem Ort geboren sein. „Kreiner, Kreiner", murmelte der Anderl so vor sich hin und es schien, als hätte er den Namen schon einmal gehört. Nach dem Bier verabschiedeten sie sich und verblieben so, dass Fritz sich wieder per E-Mail melden würde, sobald er einen Anhänger hatte um den Schleifstein abzuholen. Sehr zufrieden fuhr er nach Hause. Seinem Schwiegervater sagte er natürlich nichts, denn es sollte ja ein Weihnachtsgeschenk für ihn sein.

Drei Tage vor Weihnachten schrieb der Fritz dem Anderl und teilte ihm mit, dass er tags drauf kommen würde, um den Schleifstein abzuholen. Noch am selben Tag rief der Anderl zurück und zu seiner Überraschung sagte er ihm, dass sich sein Vater noch gut an den Kreiner-Hias erinnern könnte und ihn einen guten alten Freund nannte. Leider hätten sie sich über die Zeit aus den Augen verloren. Das war so toll. Was der Anderl aber als nächstes sagte, freute Friedrich noch mehr. Er meinte: „Kumm doch am zwoaten Feierdog mit deiner ganzen Familie und unbedingt mit eurem Opa zu uns zum Kaffeetrinken, dann kannst den Schleifstoa a glei mitnehma und wir bringen die alten Freind wieder zsamm."

❊ ❊ ❊

Den Einwand, dass die ganze Familie nicht so einfach zum Kaffeetrinken auftauchen könnte, ließ er nicht gelten.

Nach diesem guten Telefonat erzählte Friedrich seiner Frau was der Anderl und er vorhatten. Sie war sichtlich gerührt und meinte, das würde ein schönes Wiedersehen für die beiden. Schon am ersten Feiertag teilte der Friedrich der Familie einschließlich Opa mit, dass sie morgen bei guten Bekannten zum Kaffee eingeladen sind und sie darauf bestanden, dass der Matthias Kreiner unbedingt mitkommen sollte. Zunächst sträubte sich der Opa und wollte partout nicht mit. Als aber auch die Kinder bettelten, gab er nach. So stieg am zweiten Weihnachtstag die gesamte Familie ins Auto und los ging's. Für die Kinder war das sehr spannend. Immer wieder fragten sie ihren Vater, wohin sie führen und er antwortete, dass das eine Überraschung sei.

Je näher sie ihrem Ziel kamen desto nervöser wurde der Opa. Er erkannte die Umgebung und unaufhaltsam ging es auf sein Heimatdorf zu. Immer wieder sah er seinen Schwiegersohn an, sagte aber kein Wort. Vor dem Huberhof angekommen, warteten schon die Kinder vom Anderl auf sie und schon ging auch das große Hoftor auf. Mitten im Hof stand der alte Huber-Bauer und freute sich auf seinen alten Freund Matthias. Alle stiegen aus und Friedrich ging auf seinen Schwiegervater zu und sagte: „Vater ich hab dir einen neuen alten Schleifstein besorgt. Jetzt steht da vorne dein alter Freund Andreas, und er würde dir sehr gerne seinen Schleifstein schenken, weil er weiß, dass er damit seinem alten Kameraden eine Freude machen kann."

Die Überraschung war gelungen und alle warteten nur darauf, dass sich die alten Freunde die Hand geben würden. Die beiden Honoratioren gingen aufeinander zu, und die

❄ ❄ ❄

Umarmung, die folgte, war schon Jahrzehnte überfällig. Beide konnten es gar nicht fassen und freuten sich sichtlich. Der Anderl forderte alle auf, ins Haus zu kommen. Jedoch die älteren Herren wollten vorher noch den Schleifstein anschauen und wohl ein bisschen allein sein. So gingen beide Familien ins Haus und ließen sie gehen. Bis die beiden wiederkamen, hatte bereits eine neue Freundschaft begonnen.

Der Krippengucker

Es ist schon lange Tradition in der Familie Seierl, dass um die Advents- und Weihnachtszeit zum Kripperlschaun gegangen wird. In der ganzen Oberpfalz und im angrenzenden Franken ist das schon immer der Brauch. Es gilt schon fast als selbstverständlich, dass jede größere katholische Kirche ihre eigene Krippe hat. Und jeder Krippenbauer oder der Krippenverein ist bemüht, wieder mal seine beste Darstellung zu präsentieren. Das Kripperlschaun hat erstaunlich viele Anhänger, und manchmal sind sie auch mit Bussen unterwegs.

So ein Krippenbegeisterter war auch der Vater von Tobi und Marie. Beide verdrehten schon die Augen, wenn Vater nur anfing über die bevorstehende Krippenschau zu reden. Jahr für Jahr war das eine Tortur für die beiden. Selbstverständlich hatte der Vater selbst die schönste und beste Krippe und auch die Krippe im Petersdom hätte dagegen wahrscheinlich keine Chance.

Und so begann das Elend wie jedes Jahr mit der ersten Krippenbesichtigung: In der Kirche St. Martin standen die Figuren an völlig unmöglichen Stellen und wenn man jeden Tag kommen würde, dann würden sie wohl jeden Tag wo anders stehen. Bei der nächsten Krippe in St. Vitus war der Ochs falsch platziert. Bei der dritten neigte sich der Josef zu sehr zum Jesuskind, obwohl ihm das in der Heiligen Nacht wahrscheinlich gar nicht zustand. „Des halte nimma aus", sagte der Tobi, „auch wenn ich im Dezember Hausarrest kriag."

Dann aber kam der 21. Dezember, ein Samstag war's. Der Vater kam ungewohnt spät zum Frühstück und war irgendwie seltsam. Das ging den ganzen Tag so und keiner konnte sich erklären, was mit ihm geschehen war. Alle machten sich Gedanken, um nicht zu sagen, sie machten sich Sorgen. Am Sonntagvormittag gingen sie zur Messe in die Pfarrkirche St. Martin, um danach die Krippe zum wiederholten Male anzuschauen. Tobi ließ sich wieder überreden mitzugehen, schon alleine deswegen, weil sein Vater heute ganz anders war und er wissen wollte, wie er heute auf die Krippe reagiert. Nach der Messe, bei der besagten Krippe, erkannten sie ihren Vater nicht wieder. Voller Lob und Begeisterung erklärte er die Darstellung dieser auf einmal so wunderbaren Krippe. Die Kirchgänger, die auch stehengeblieben waren, um die Erklärung zu hören, applaudierten am Schluss.

Auf dem Nachhauseweg fragte Tobi seinen Vater: „Was isn mit dir los?" Die Antwort war kurz: „Wart bis ma dahoam san, dann erzähl ichs euch." Zu Hause angekommen, konnte es keiner mehr erwarten und sie setzten sich voller Erwartung an den Küchentisch. In einer von ihm nicht gekannten Ruhe begann er zu erzählen, wie es zu seiner Bekehrung kam. Gestern kurz vor dem Zubettgehen machte ich mir wieder Gedanken über die Krippe in St. Martin: „Sie hom wieder alles anders gmacht und wias wieda dagstandn san, sowos hob i ja nu nia gsehn. So aufkratzt bin i dann eing-

Wie kommt es nur, dass die Krippenfiguren nicht immer am gleichen Ort stehen?

schlafn. Des Einschlafen woar leicht, aber was dann kumma is, war unglaublich. Im Traum erschien mir die Krippe von St. Martin, was sag ich, ich war auf oamal mittendrin bei dene Figuren, die alle falsch gstandn san. Zerst bin ich erschrocken, ab des hat jetzt a nix gnutzt. ‚Ave, du Krippenmeckerer', sagte auf oamal eine Stimme hinter mir. Ich drah me um und ein Hirte sagte lächelnd zu mir: ‚Wir freuen uns, dass du bei uns bist, dann können wir dich dorthin stellen wo du absolut verkehrt stehst. Ist dir überhaupt bewusst, was es für eine große Ehre ist hier zu sein? So nah beim Jesuskind sein zu dürfen, wem wird diese Ehre schon zuteil!' Dann sprach auf einmal ein Engel zu mir und sagte: ‚Komm, ich zeige dir die Heilige Nacht.' Mit einem Mal bewegten sich alle Figuren. A schwachs Liacht kam ausm Stall. Der Himmel drüber hell mit all seine Stern. Ein kloans Schaf kam zura, druckt se an mein Fuaß und alles woar guad. Immer mehr Hirten und Bauern kumma zsamm und genga mitnand zum Stall. A Hirt hod auf seiner Flötn gspuit und alle warn voller Freid. Ich hob me so geschamt und wollt wieder geh. Koaner hod mehrer a Wort drüber gsagt, es war so, als hätt ich alte Freund troffen. Irgendwie wars ja richtig, denn ich kenn die Krippm scho ewig. Ich war ganz verzweifelt. Kurz vor dem Stall wars ganz staad und alle hom se niederkniat. Da hobe gwusst, wos Weihnachten wirklich is. A Zeit lang san ma bei der Heiligen Familie bliebm und dann wieder zruck durch die Nacht. Aber, wohi sollt ich denn geh? Wos passiert denn jetzt mit mir? Die Hirten und die Bauern san fort. Und ich? In dem Moment kam wieder der Engel und hod gsagt: ‚Geh zu den Deinen.' Und ich hab gsehn, wia auf einmal alle wieder zu Krippenfiguren worn san, grad da, wo sie gstandn san. Da woar mir klar, warum jeden Tag die Figuren anders aufgstellt warn. Sie genga jede Nacht zum Stall. Im selben Moment bin ich aufgwacht. Zuerst wusst ich ned wo ich war. Noch in der Krippm? Doch als ich mich umgsehn hab, war ich froh, dass ich in meim Bett lag. Wieder einschlaffa konnt ich lang niad. Einfach ned zum glaum, was mir da dramt hod. Ihr könnts mich für narrisch halten, aber ich glaub dran." Tobi sah seinen Vater an und sagte: „Woll ma nächsten Sonntag wieder nach St. Martin gehn und bei deine alten Freund vorbeischaun? Dann kannst sehn wo sie desmal stehn." Sein Vater nickte und antwortete: „Ja gern, des war schee."

❄ ❄ ❄

Rodeln bei der Wolfsschlucht

Echte Freundschaft ist das größte Geschenk, das man einem anderen Menschen machen kann. Die ersten zarten Wurzeln dieses Teils des Lebensbaumes entstehen meist schon in der Schulzeit. Sie wachsen, wenn man sie pflegt, wie die Kinder, schnell und stark. So hatte Georg das Glück den Albert aus der nächst höheren Klasse zu kennen und da sie beide im selben Viertel wohnten, verbrachten sie auch viel Zeit nach der Schule miteinander. Beide spielten im Fußballverein, gingen im Sommer zum Baden und Radfahren – gute Freunde eben. Im Winter gab es natürlich andere Möglichkeiten, miteinander was anzustellen. Zum Beispiel Rodeln.

Rodeln war nicht nur das Hinunterfahren von einem Buckel, sondern es war, wenn man das Abenteuer suchte, die große Herausforderung. In ihrer Nähe war die bekannte Bärenklauwiese. Ein gut abfallendes Grundstück mit Obstbäumen, umrandet von Schlehen- und Fliederhecken. Gleich daneben beim Lindenbrünnerl begann auch die Lindenallee, ein Kirchweg gesäumt von vielen mächtigen Linden. Dieser Weg endet bei der Mariahilfbergkirche, ein in der mittleren Oberpfalz weit bekannter Wallfahrtsort mit dem dazugehörigen Franziskanerkloster. Es war Februar und Schnee war genügend gefallen. Eines Tages erfuhren die beiden, dass es eine neue Rodelbahn geben sollte. Aber die war nix für Feiglinge und läge hinter dem Mariahilfberg in der Nähe der Wolfsschlucht. Sofort sperrten Georg und Albert die Ohren auf. Super, das wär's doch! Der einzige Nachteil an der ganzen Sache aber war, dass sie von zu Hause aus, mindestens eine

Die weiße Winterlandschaft der Oberpfalz eignet sich wunderbar für waghalsige Schlittenfahrten.

Stunde über den Mariahilfberg gehen müssten, um dort hinzukommen. Aber was hält zwei Burschen davon ab, wenn ein solches Abenteuer lockt …

So war es beschlossen, dass sie morgen dorthin gehen würden. Gut eingepackt marschierten sie mit ihren Holzschlitten los. Die Eltern wussten, dass sie mal wieder am Berg zum Schlitten fahren waren. Und da die beiden vorhatten, mittags nicht nach Hause zu kommen, bekamen sie eine kleine

❊ ❊ ❊

Brotzeit mit. Zuerst wurde auf der Bärnklauwiese noch eine rasante Abfahrt hingelegt, damit die Schlitten auch gut eingefahren waren. Dann gingen sie am Lindenbrünnerl vorbei die steile Lindenallee hinauf. „Des wird toll", sagte der Albert, „wenn ma die Allee am Schluss wieder obe fahrn." „Ja, i gfrei me a scho", antwortete Georg. Man muss wissen, dass dieser Kirchweg alle zehn Meter von einer steinernen Wasserrinne durchzogen ist und wenn man drüber fährt, springt der Schlitten je nach Geschwindigkeit hoch und weit. Da musste man schon aufpassen, dass man nicht aus der Spur kam. Am Kloster angekommen, hatten sie die Hälfte des Weges bereits geschafft. Jetzt ging's leichter durch den Wald in Richtung neuer Rodelbahn. Viel miteinander geredet hams nicht, weil, wenn nix zu sagn war, war halt nix zu sagn – eine angeborene Eigenschaft des Oberpfälzer Menschenschlages.

Schon etwas abgekämpft kamen sie an. Nur Wenige waren hier zum Schlitten fahren. „Was wollts denn ihr da?", fragte einer der Burschen, die wohl hier in der Nähe wohnten und diese Bahn als ihr Eigentum ansahen. „Wir ham ghört, des soll a super Bahn sei – stimmt des?", fragte Albert. „Des sixt dann scho wennst obe fahrst. Oder traust di ned?" war die Antwort. Von wegen, deswegen waren die beiden ja da! Ein kurzer Blickkontakt genügte und alle zwei legten sich nach gutem Anlauf bäuchlings auf ihren Schlitten und fuhren los. Sauerei! Des war wirklich koa Spass. Den Albert hats in der Mittn gschmissn und den Georg dann weiter unten zrissen. Die weiteren Fahrten erfolgten aufgrund dieser Erfahrungswerte im Sitzen, waren aber trotzdem jedes Mal eine Herausforderung.

Gegen zwei Uhr am Nachmittag beschlossen die beiden, wieder nach Hause zu gehen, damit sie nicht in die Dämmerung kamen. So war's den Eltern versprochen worden. Heim ging's mit Stolz im Rodlerherzen, keine Feiglinge gewesen zu sein und diese schwere Rodelbahn bezwungen zu haben. Als sie wieder beim Kloster angekommen waren, machten sie eine kurze Pause um ihre mitgenommenen Brote und Äpfel zu essen. Als der Georg den Rucksack aufmachte, war nichts drin. „Ja, spinne denn", so entfuhr es dem Georg, „nix dou. Wia gibts nou des?" Sie hatten vor dem Rodeln den Rucksack oben beim Start abgestellt, weil des beim Obefahrn ned passt hätt. Da musste sich wohl einer an ihrer Brotzeit vergriffen haben. Albert war stocksauer und sagte: „Den wenne wieder siach, den verhaue so, dass er sein Opa fürn Erzengel Gabriel oschaut."

So saßen die beiden nun vorm Kloster, ohne Brotzeit und mit knurrendem Magen. Da kam dem Albert die glänzende Idee, die Franziskaner um eine Brotzeit zu bitten. „Ja, bist du ganz narrisch", war die Antwort vom Georg, „des is ja betteln." In seiner stoischen Art meinte der Albert: „Host an Hunger oder host koan?" Hunger hatte Georg schon, aber betteln? Albert wartete die Antwort gar nicht ab und ging durch die Klostertür. Georg ging hinterher, mit einem ganz mulmigen Gefühl im Bauch. Nachdem Albert die Pfortenglocke geläutet hatte, kam ein Padre und fragte, was er für ihn tun könnte. Georg drehte sich um, um all das nicht sehen zu müssen und so bekam er auch nicht mit, wie sein bester Freund um Essen bat. Dann war der Padre wieder verschwunden.

Georg freute sich schon, dass es nicht geklappt hatte und sagte: „Komm gemma hoam. Des halt ma a nu as." „Nix dou, wir solln warten", sagte Albert und setzte sich aufs Wartebankl. In diesem Falle wars wohl eher das „Bettlerbankl". Nach fünf Minuten kam der nette Padre wieder und brachte jedem der beiden Buben eine trockene Scheibe Brot und ein Radl von einer Speckwurst. „Lasst es euch schmecken",

✳ ✳ ✳

waren seine freundlichen Worte, und mit einem Lächeln verabschiedete er sich. Da saßen die beiden nun und aßen ihre Armenspeise. Dem Albert hat's geschmeckt. Der Georg allerdings kaute auf seinem Essen herum, weil er dachte, wenn das meine Mama wüsste, die würd sich für mich in Grund und Boden schämen.

Mehr oder weniger gestärkt liefen die beiden dann zur Lindenallee. Da kam auch die Freude bei Georg wieder, weil hier Schlitten fahren die größte Herausforderung war die es je gab. Da hätten die Burschen von der Rodelbahn wahrscheinlich Schiss hier runterzufahren. Und los ging's. Die ersten Querrinnen gingen ja noch, aber je schneller sie wurden desto höher sprangen ihre Schlitten und immer knapper wurde die Fahrbahn. Die mächtigen Lindenbäume kamen immer näher. Und dann passierte das, was wohl vorherzusehen war bei diesen beiden Kamikaze-Schlittenfahrern. Der Albert konnte seinen Schlitten nicht mehr halten und sprang in letzter Sekunde ab, bevor sein Schlitten an den Baum krachte. Wie ein Tiefflieger segelte er in den danebenliegenden Graben. Als Georg das sah, ließ er sofort seinen Schlitten los und sprang ab. Bergaufwärts rannte er zu seinem Freund Albert und schrie: „Lebst nu?" Nach kurzer Stille kam aus dem Graben: „Ja, scho." Beide saßen im Schnee und waren froh, dass nix passiert war. Dann meinte Albert noch: „Nix für Wolfsschluchtfahrer", und grinste.

Rechtzeitig, bevor es dunkel wurde, waren sie wieder zu Hause. Wurzeln der Freundschaft wachsen jeden Tag. Im Sommer wie im Winter.

❄ ❄ ❄

Die Eisernte

„Mit Eis stopf dir die Keller voll, wenn dir dein Bier gelingen soll" – dieser Spruch galt lange bevor der Herr Linde um 1870 das erste Kühlgerät erfand. Auch nach dieser Erfindung konnten sich viele dieses moderne Gerät nicht leisten und waren weiterhin auf die Eisernte angewiesen. Vor allem die Brauereien und Metzgereien brauchten volle Eiskeller. Das „Eisen" oder die „Eisernte", wie man es auch nannte, war sehr wichtig, um im Sommer gutes Bier zu haben. Wenn ein Brauer hier schlampig war, dem verdarb sein Bier.

Da es in der Oberpfalz schon immer und bis heute überdurchschnittlich viele Brauereien gibt, war und ist das Eisen eine willkommene Winterarbeit. Viele Bauern und Handwerker, die im Winter wenig Arbeit hatten, konnten sich hier ein wertvolles Zubrot verdienen. Reichten diese Arbeiter nicht aus, so wurden zusätzliche Arbeitskräfte aus dem nahen Tschechien angeworben. Gezahlt wurde zwar schlecht, aber die Versorgung mit Bier beim „Eisen" war immer gesichert.

Auch in meiner Heimatstadt wurde geeist. Zwölf Brauereien brauten Sommer- und Winterbiere. Obergärige und untergärige Biere wurden eingelagert. Hierfür benötigte man kühle Keller und jede Menge Eis. So gingen oft der Vater und der Großvater zur Eisernte. Jedem von ihnen war bewusst, dass das „Eisen" eine sehr gefährliche Arbeit war. Das belegten schon die Unfälle aus früheren Zeiten. Sobald ein Weiher oder Schwemmland eine Eisschicht von mindestens 20 Zentimetern hatte, rückte man mit den Pferdefuhrwerken an. Danach wurde ein Loch in das Eis geschlagen und die Eisblöcke, die bis zu 60 Zentimeter groß werden konnten, mit speziellen Sägen aus dem Eis gesägt. Mit Eiszangen und -haken wurden diese Blöcke an Land gezogen und dort zerkleinert. Mit den Fuhrwerken wurde das Brucheis dann abtransportiert und über Holzrutschen in die Eiskeller verschafft, um dort nochmals zerkleinert zu werden. Sobald diese schwere Arbeit erledigt war, übergossen die Arbeiter diesen Berg aus kleinen Eisstücken mit Wasser, so dass ein mächtiger Eisklotz entstand. Dieser war die Garantie für einen gut gekühlten Keller und ein trinkbares Bier im Sommer.

In weniger frostigen Wintern wurde Eis an sogenannten Eisgalgen produziert. Auf das Stangengerüst wurden Querbalken gelegt und diese, sobald die Temperatur unter die Nullgradgrenze sank, mit Wasser besprüht. So entstanden bis zu zwei Meter lange Eiszapfen. Bei geringen Minusgraden war dies die einzige Möglichkeit Eis zu ernten. Die Weiher hatten dann nicht die notwendige Tragfähigkeit und es wäre viel zu gefährlich gewesen, hier Eis einzuholen. Auch bei Neumarkt in der Oberpfalz gab es das „Eisen". Hier wurde aus dem Ludwigskanal das dringend benötigte Kellereis gewonnen.

Die über Jahrzehnte gewachsene Eisernte war trotz der Erfindung „des Kühlschranks" noch lange nicht vorbei. Erst Ende der Fünfzigerjahre des zwanzigsten Jahrhunderts war es nicht mehr rentabel und auch nicht mehr erforderlich Eis zu ernten.

❄ ❄ ❄

Die falschen drei Könige

Es begab sich zu der Zeit als Weihnachten schon vorbei war und im Vorderen Bayerischen Wald der Aufstand der Heiligen Drei Könige geprobt wurde. Von Regensburg aus in den vorderen bzw. oberen Wald zu fahren, ist immer eine schöne Anreise. Folgende Geschichte aus den 70er-Jahren soll sich in einer Pfarrei in dieser wunderschönen Landschaft zugetragen haben.

Seit zwei Jahren war der Herr Pfarrer nun da und hatte sich zwischenzeitlich gut eingelebt, obwohl er aus Franken stammte. Besonders die Pfarrjugend und die Ministranten waren vom Herrn Pfarrer begeistert und so wuchs diese Schar erstaunlich an. Keiner kann heute mehr sagen, wie es sich zugetragen hat, aber eines Tages kam vom Oberministranten der Antrag an den Pfarrgemeinderat um Entlohnung, wenn ein Dienst bei Beerdigungen oder Hochzeiten zu leisten war. Diese waren schwer zu besetzen und fanden meist außerhalb des normalen Ministrantendienstes statt. Und wenn's von einem Brautpaar wirklich mal was gab, so floss dieses Geld sauber zum Kirchgeld und die Ministranten hatten wieder das Nachsehen. Der Antrag kam als Tagesordnungspunkt auf die Liste für die nächste Pfarrgemeinderatssitzung. Der Herr Pfarrer trug in dieser Sitzung die Gründe der Ministranten vor und bat das Gremium um eine salomonische Lösung. Aber weit gefehlt. Ein allseits bekanntes Mitglied des Pfarrgemeinderats, das hinter vorgehaltener Hand nur der „Bedenken-Baptist" genannt wurde, ergriff sogleich das Wort und das Unglück nahm seinen Lauf. Der Antrag wurde abgelehnt, weil, so in der Begründung, es ein Ehrendienst sei, wie sonst auch. Die Ministranten sollten unverzüglich verständigt werden, damit kein Stillstand einträte.

Schweren Herzens teilte der Pfarrer dann seinen Ministranten den Beschluss mit. Die waren schwer enttäuscht und dachten sich etwas Besonderes aus. Zwei Tage nach dieser Entscheidung kam der Pfarrer in die Sakristei und brachte die Liste für den Dienst als Heilige Drei Könige. Früher wurde darum fast gestritten, wer mitmachen durfte, aber heuer gab es bis Silvester keinen Eintrag. Das war's also: ein Streik der Heiligen Drei Könige. Auch auf ganz persönliche Nachfrage des Pfarrers gab es keine Interessenten. Und langsam dämmerte es auch dem Pfarrer … und er fand die Idee grundsätzlich nicht schlecht.

Aber mindestens eine Gruppe von Drei Königen sollte doch sein, um diese Tradition heuer nicht gänzlich wegfallen zu lassen. Lange überlegte er, ob der Pfarrgemeinderat informiert werden sollte. Doch er ließ es sein. Er stand zu seinen Ministranten. Das Hochamt am Neujahrstag mit zehn Ministranten und drei Geistlichen war wieder einmal ein Höhepunkt im Kirchenjahr. Am Schluss des Gottesdienstes trat der Pfarrer vor und teilte der erstaunten Gemeinde mit, dass heuer der Umzug der Heiligen Drei Könige ausfällt, da die Ministranten in den Streik getreten seien. Mehr sagte er nicht.

Von dieser Misere erfuhren schließlich auch vier Burschen aus einem Nachbardorf, die weder bei der Landjugend noch bei den Ministranten waren, aber hier einen verwaisten Acker sahen. Die „vier Wilden vom Vorderen Wold" nannten sie sich und waren schon öfter unangenehm aufgefallen. Der Anführer dieser Vorderwald-Gang war der Simmerl. So war es auch seine Idee, die verwaiste Stelle der Heiligen Drei Kö-

❄ ❄ ❄

nige zu besetzen, um an Geld und Süßigkeiten zu kommen. Er wusste nur noch nicht, wie er an die Gewänder kam. Der Huber-Lakl sagte: „Ich kenn den Wiggerl von die Ministranten, der kannt uns des scho besorgn. Der will sowieso koa Ministrant mehr sei." Und so kam es, dass eine Garnitur Königsgewänder leihweise den Besitzer wechselte. Das fiel gar nicht auf, denn erstens brauchte heuer sowieso koana a Gwand und zweitens waren ja noch genügend da. Der Wiggerl wurde noch über den Ablauf und das Gedicht befragt, damit das Unternehmen ja nicht schief ging.

Der 6. Januar erstrahlte bereits früh im hellen Sonnenlicht, der Himmel hatte sein tiefstes Blau aufgelegt, und der Schnee glitzerte auf den Feldern des Bayerwaldes. Ein Traumtag oder sollte man lieber sagen, ein Alptraumtag? In der Kirche herrschte gedrückte Stimmung. Kein Aussenden der Heiligen Drei Könige am Dreikönigstag. Nur im Evangelium erfuhr man die Geschichte von den drei Weisen aus dem Morgenland. Nach der Kirche sagte ein Bauer zu seiner Frau: „Dann mach mas halt so wia früher und gemma mit der Kehrschaufel mit glühende Kohl'n und Weihrauch wieder selber durch'n Stoll und durchs Haus und beten um Schutz und Heil. A Schand is scho." In der Zwischenzeit hatte sich die Vorderwald-Gang eingekleidet, so gut sie es verstanden. A mords Gaudi homs ghabt und rumblödelt hams. „Kinnts ihr eier Gedicht nu?", fragte der Simmerl. „Ja eh", war die allgemeine Antwort.

Bewaffnet mit mindestens fünf Plastiktüten für Geschenke und Süßigkeiten zogen sie los. Sie gingen von Haus zu Haus und sammelten fleißig Geld und Süßigkeiten ein. Nach zwei Stunden brauchten Sie eine Pause. Was lag da näher als die Brauerei. Der Simmerl kannte die Kreszenz vom Bräustüberl und überredete sie, vier Flascheln Bier rauszurücken. „Von

✳ ✳ ✳

mir hastes ned, dass das woaßt", warnte sie die Buben. „Is scho guad", sagte der Simmerl und machte sich auf den Weg zu seinen „Heiligen Brüdern" und dem langen Sternenträger. Ganz in der Näh war der Stodl vom Kannawastl, der war nicht ganz dicht – der Stodl natürlich und niad der Wastl. So schoben sie zwei Bretter zur Seite und setzten sich ins Heu. So a Bierpause mit Süßigkeiten stärkt für weitere Taten. Nach einer halben Stunde kam die Karawane wieder in Gang. Mittlerweile hörte sich ihr Gedicht aber ganz anders an: „Vo weit her kumma grennt, und vorher hod uns koana kennt, die Luft is guad, das Bier ist klar, das wünschen der Kaspar, der Melchior und der Balthasar." Viele der Besuchten waren so richtig vor den Kopf gestoßen und schlossen die Tür, noch bevor die Geschenke verteilt wurden. „Jetzt reissts eich mal zam. Da kriang ma nix, wenns ihr so blöd daherreds", sagte der Lange. Danach kehrte wieder Ordnung in die Gruppe ein und die Einnahmen stiegen wieder.

Es war schon fast zwei Uhr nachmittags und man kam wia durch a Wunder ein zweites Mal bei der Kreszenz vom Bräustüberl vorbei. Das hinterließ Spuren. Um dreiviertel Drei standen auf einmal zehn Ministranten in der Zehentgass bereit, denn es hatte sich herumgesprochen, dass ein zwielichtiges Königstrio mit ihrem Langen das von ihnen bisher so gepflegte Feld schändlich beackerte. Unmissverständlich wurde den scheinheiligen Königen und ihrem langen Sternenträger klargemacht, dass sie sich sofort zurückzuziehen und ihr schändliches Treiben aufzugeben hätten, ... und das war die hochdeutsche Version. Die etwas derbere Oberpfälzer Mundart, die hier alle zu hören bekamen, geziemte sich wahrlich nicht für Ministranten. Und um ihrer Ansage noch mehr Nachdruck zu verleihen, rückten alle Ministranten gleichzeitig auf die Gruppe zu.

❅ ❅ ❅

Der Übermacht weichend, nahmen die falschen Könige die Beine in die Hand und suchten das Weite. Völlig außer Puste zogen sie sich wieder in den Stodl vom Wastl zurück. Zunächst saßen sie erschöpft da, um nach einer Weile die Beute redlich zu teilen. Das ging nach Rangordnung. Chef, zweiter Chef und so weiter. Dann warteten sie bis die Dämmerung anbrach und zogen heimwärts. Auf dem Heimweg in ihr Dorf kamen sie am Einödhof „Auf der Obern Leitn" vorbei. Lichter brannten und sie wussten alle, dass der Leitn-Bauer ja koa Armer war. Sie sahen sich an und jeder dachte das Gleiche – den nehma nu mit.

Gesagt, getan. Heftig wurde an der Haustür geklopft. Es dauerte schon eine Weile, bis vorm Haus das Licht anging und die Tür sich öffnete. In voller Größe stand der Leitn-Bauer im Türstock. Er machte schon was her, das große Mannsbild. Das schockte den Simmerl aber nicht und er fragte: „Is Bäurin da?" „Siegst es?", war die Antwort des Bauern, der noch einen mehr in der Krone hatte als die Drei Könige zusammen. Danach sagte die Drei-Königsbande dem Bauern ihren Spruch auf, soweit sie ihn noch zusammenbrachten: „Mir kumma as an Morgenland, mir wünschen Dir a guads neis Joahr, der Kaspar, der Melchior und der Balthasoar." „Ja, woar des alls", fragte das Mannsdrum, „wissts ihr nix neis? Des kenne scho." Und jetzt wurde wieder einmal deutlich, warum der Simmerl ihr Anführer war. Er trat vor und sagte mit kräftiger Stimme: „Mir kumma in koa Wirtshaus rein, weil mir die falschen Drei König sein, doch nach alter Väter Sitte, vier Halbe Bier, so unsere Bitte." Der sonst so grimmig dreinschauende Leitn-Bauer lachte übers ganze Gsicht: „Des host schee gsagt. Bleibts dou, i kim glei wieder." Nach drei Minuten erschien ihr Wohltäter, in den Händen vier Flascherln Bier und an Zehner. „Oschreibm müssts aber scho",

✳ ✳ ✳

Wenn die falschen Heiligen Drei Könige im Ort ihr Unwesen treiben …

sagte er noch, „sunst glabt ma des mei Wei nia." Nachdem der Leitn-Bauer die Tür wieder zuagmacht hod, holte der Lange seine Kreide aus der Hosentaschn und schrieb mit einem schelmischen Grinsen „B+M+W" an die Tür. Dann schoben sie davon. Wieder in ihrem Dorf angekommen, meinte Michel, der jüngste König: „Mia is sauschlecht. Ich sauf koa Bier mehr" und ging heim. Tags drauf waren die falschen Drei Könige in der Pfarrgemeinde Tagesgespräch. Doch keiner verurteilte sie – im Gegenteil. Stimmen wurden laut, wie: „Das geschieht dem Pfarrgemeinderat recht!"

Am späten Vormittag wurden die Königsgewänder persönlich vom Wiggerl reumütig an den Herrn Pfarrer zurückgegeben. Der Pfarrer lachte und sagte: „Des passt scho Wiggerl." Nur Tage später stimmte der Pfarrgemeinderat dem Antrag der Ministranten in einer außerordentlichen Pfarrgemeinderatssitzung einstimmig zu. Der Bedenken-Baptist ließ sich wegen Krankheit entschuldigen. Aber auch die falschen Drei Könige und ihr langer Sternenträger bekamen ihren öffentlichen Lohn: Die Lokalzeitung hatte von der Gschicht erfahren und veröffentlichte sie. Sehr zur Freude vieler Leser.

❋ ❋ ❋

Weitere Bücher aus der Region

Alexandra Stupperich/Rita Lell
Aufgewachsen in Regensburg in
den 40er- und 50er-Jahren
64 S., Hardcover, zahlr. Bilder
ISBN 978-3-8313-1873-5

Harald Pilz/Alexandra Stupperich
Aufgewachsen in Regensburg in
den 60er- und 70er-Jahren
64 S., Hardcover, zahlr. Bilder
ISBN 978-3-8313-1916-9

Heidi Fruhstorfer
Echt clever! – Geniale Erfindun-
gen aus Bayern
120 S., Hardcover, zahlr. Bilder
ISBN 978-3-8313-2992-2

Wartberg-Verlag GmbH   Bücher für Deutschlands Städte und Region
Im Wiesental 1 | 34281 Gudensberg   Tel. 0 56 03-93 05 0
www.wartberg-verlag.de   Fax 0 56 03-93 05 28